8, 7, 6...

FRANCISCO JOSÉ TAMARAL SÁNCHEZ

8, 7, 6...

PRIMERA EDICIÓN

Ilustración de portada: **Lara Herrera Mateo**
Web: https://www.girafolio.com/ultrapervert

Maquetación exterior: **Esperanza Monje Moya**
E-mail: esperanza.monje@gmail.com

Maquetación: **David Medel**
Web: http://david-medel.tumblr.com/
E-mail: 1davidmedel@gmail.com

ISBN: 978-84-608-5004-5

The evil that men do lives on and on.

IRON MAIDEN

PRÓLOGO

El agua caída horas atrás había acentuado el hedor de aquel vertedero. Un tipo achaparrado, aunque joven, rebuscaba con un palo y una linterna bajo un cielo parco en estrellas.

—¡Señor, aquí hay uno! —gritó. Tras lo cual, aprovechó unos segundos para sofocar unas arcadas cada vez más insistentes. En una de las contracciones atisbó otro cuerpo a unos metros del primero.

—¡No, no! ¡Dos, hay dos! —rectificó. Sus superiores ya habían empezado a bajar la loma de inmundicia desde la que observaban los progresos de todos los trabajadores.

La pareja de directivos deslizaba su lujosa indumentaria montículo abajo, precipitando un alud de basura hasta los pies del peón. Cuando los dos hombres llegaron a su altura, los desperdicios se apilaban hasta sus gemelos y empapaban su mono de trabajo del fluido que la materia orgánica exudaba al pudrirse.

El joven se quedó bloqueado al contemplar de cerca las máscaras lisas y ovaladas que cubrían el rostro de aquellos dos individuos.

—¿Y el otro? —le preguntó el más alto, escrutándolo desde sus 2,1 metros.

—¡Allí! —indicó el peón, contrayendo el gesto en un pobre intento de ocultar sus accesos de vómito.

—Deberías respirar por la boca —sugirió el otro hombre, con una voz estentórea, impropia del cuerpo adolescente que se intuía bajo su hábito azul.

—¿Señor...? —volvió a hablar el peón.

—¿Sí?

—Aquel cuerpo —volvió a señalar— deberíamos examinarlo más de cerca, ¿no?

—Sí.

—Y este... —miró el cadáver a sus pies.

—¿Qué ocurre con este...?

—Su rostro, está reventado. Es decir... el tiro fue a quemarropa, pero aun así... su cara...

—¡Déjanos solos! —el hombre sacó una mano de la túnica y le instó a irse—. Ve allí, a ver si puedes identificar al otro.

El chico se alejó sin rechistar, dejando parte de su cena por el camino.

—¿Qué opinas, Zagooth?

El más alto se agachó lo suficiente para mirar a su contertulio a los ojos, parapetados tras el negro satinado de su máscara.

—Deberíamos eliminar todo rastro, informar, y encontrar a quien ha hecho esto; por ese orden.

—¡Estoy muy cansado de tener que llevar estas… caretas, Zagooth! ¡Muy cansado! Quizá haya llegado el momento…

—Señor…

—¡Ya, ya! ¡Ya lo sé! Lo decidirá el círculo. ¡Dichoso círculo! —respondió el más bajo, haciendo unos aspavientos que hicieron bailar su hábito. Tras ello, levantó su bota y pisó el cuello del cadáver con todo el peso de su pequeño cuerpo—. Al final, este imbécil ególatra ha tenido que morir para hacer algo de provecho.

—Supongo, señor, que el círculo tomará medidas de excepción tal como usted desea.

—Eso espero. Ya es hora de que llueva sangre.

—¿Y el peón? —preguntó con flema el alto.

—Tú lo has dicho: «eliminar todo rastro».

Zagooth arrastró su pesada figura hasta donde estaba el peón y, antes de poder advertir la mancha creciente en su entrepierna o que sus ojos estaban hinchados por la certeza, le descerrajó un tiro en la cabeza. El vertedero recogió la detonación y envió un eco persistente al cielo del Gran Londres.

—¡Señor!

—¿Sí, Zagooth?

—Olvidé preguntarle quién era el otro muerto.

—Da igual, no es de los nuestros.

Ambos subieron la duna de desechos y mandaron acudir al resto de peones a la explanada del vertedero.

Una docena de trabajadores, ataviados con el mono azul de la corporación, aguardaban convenientemente callados ante la seriedad implícita en aquellas dos máscaras, la ausencia de su compañero y la reverberación de una detonación en su memoria reciente.

El menudo directivo de voz profunda tomó la palabra:

—Todos recibirán los emolumentos acordados, así como un extra de mil créditos por un trabajo adicional.

—¿Qué trabajo, señor? —se atrevió a articular un joven mulato.

—Queremos que arda.

—¿Qué zona exacta, señor? —preguntó otro.

—¿Zona? No, no, todo el vertedero.

—Se-señor, pero... se extiende hasta a dos barrios —casi masticaba las palabras el más viejo de los peones. El resto asintió—. Podría arder todo Londres.

—¡Pues que arda Londres!

1. CADENAS

En algún lugar del Gran Londres, 22 de marzo de 2051
(época postnube)
23:35 h GMT

Ya contaba dos bandazos desde que despertó en aquel
vehículo: el primero le despabiló, el segundo le hizo cho-
car contra un cuerpo.

Miró alrededor, pero le fue imposible vislumbrar
nada.

El aire que espiraba se condensaba a centímetros
de su rostro, viciándose dentro de lo que supuso que era
una capucha áspera y basta, juraría que de saco de arpillera. El cargante olor a zanahoria y a nabo rancio que
desprendía la tela le provocaba arcadas; ansias a las que
en otra situación hubiese cedido con gusto. Pero, amor-
dazado, la posibilidad de terminar con la faringe anegada

por una riada de vómito se le antojaba demasiado alta. Tendría que aguantar. Así que, buscando abstraerse, escarbó en su memoria reciente, un mar de interrogantes aporreaban su cabeza: «¿dónde coño lo llevaban?, ¿alguien se la había jugado?, ¿a quién podría interesarle un desahuciado como él?, ¿lo torturarían?, ¿experimentarían con él?».

El regusto del licor sintético del tugurio de Jamie, cerca de Arlington House, le recordó la noche anterior (aguantó otra fuerte arcada). Había estado alternando con otros de su calaña, perdidos del superpoblado Camden, y luego se fue a casa: cerrando los ojos de cuando en cuando, jodidamente borracho, pero siempre por calles transitadas. No recordaba nada más.

Súbitamente, mientras palpaba las bridas de sus muñecas, sobrevino un tercer bandazo y luego un cuarto, aún más violento, que trajo consigo un inesperado regalo: un roto en su capucha.

Oteó con cuidado, intentando no perder la referencia del agujero. La luz anaranjada que traspasaba los cristales del furgón corría de derecha a izquierda a gran velocidad, mostrándole, a saltos, parte del interior de aquella carraca motorizada. Podía contar hasta siete personas más: cuatro hombres, uno de ellos con traje corporativo, y tres mujeres, una de ellas inusualmente corpulenta. Desperdigadas por el suelo había pilas de hortalizas y frutas en mal estado. Si hubiera tenido que jugársela, hubiera apostado a que estaba en las entrañas de uno de esos viejos transportes que utiliza el gobierno para el reparto de comida en la zona de la iglesia de San Michael.

Al rato, sintió varios baches, y el sonido homogéneo

de la carretera dio paso a otro mucho más irregular.

Las bridas seguían firmes, inalterables.

Minutos después, conductor y copiloto comenzaron a parlotear pero, a pesar de hacer gala de un pulcro agroinglés, Miroslav no logró discernir mucho, solo intrascendencias: «mi mujer quiere que le haga más caso», «ganó el Chelsea al Norwich» o «me la follé en la oficina». Nada de interés. El pedregal bajo la furgoneta y los quejidos ahogados del resto de pasajeros tampoco ayudaban demasiado. De momento se conformaba con que ninguno de ellos fuera cadáver. Aún.

Cuando empezaba a desesperarse, con la lengua presa y teniendo que tragar a marchas forzadas, el vehículo comenzó a decelerar.

—¡Hemos llegado! —escuchó de boca de uno de los individuos.

Tras un par de baches más, el ruido del motor cesó.

Advirtió cómo salieron ambos, con sendos portazos. Los gemidos ahogados de los secuestrados aumentaron con la cercanía de sus captores hasta alcanzar su cenit con la apertura de las puertas. «¡Clack!, ¡clack!», anunciaron dos tiradores metálicos. El calor sofocante, hijo del encierro, el sudor y la angustia, fue reemplazado por un golpe de aire gélido.

Dos hombres trajeados a la moda monocolor, propia de las altas esferas, comenzaron a sacar a la suerte de orugas esquizofrénicas en las que parecían haberse convertido sus compañeros de viaje. Se agitaban, soltaban patadas y se retorcían en el suelo mientras aquellos tipos, uno vestido por completo de verde y el otro de naranja, hacían advertencias desapasionadas:

—Vamos, vamos, ayudad a que esto sea más fácil,

ahora se os explicará todo —repetían una y otra vez—, ahora se os explicará todo.

Procuró salir sin aspavientos, colaborando, y bajó la vista para impedir que descubrieran su pequeño secreto. Por un momento solo vio piedras y polvo, hasta que, libre de miradas, pudo alzar la cabeza.

Era de noche en aquella escombrera. A unos cien metros, se avistaba una de esas antiguas estaciones de tren en desuso desde poco después de la aparición de las nubes.

Aún recordaba los primeros éxodos desde Lincolnshire, Greater Manchester, Cheshire, etc. «La melancolía es una pérdida de tiempo...», solía decir su padre. «Veintiséis años ya...», pensó. Un codo en las costillas lo sacó de su ensimismamiento (controló otra arcada) y le recordó otra cosa que su padre decía sobre la melancolía: que era peligrosa si te pillaba fuera de lugar. Y es que el viejo, después de todo, solía tener razón.

Uno de los tipos, el de verde, lo cogió por la muñeca izquierda y se la esposó. La cadena lo conectaba con un varón negro que iba delante y, a sus espaldas, lo ataba a una mujer cuya complexión y forma de andar le hacían suponer que era una anciana.

Los dos enchaquetados dirigieron al grupo hacia la estación. Pasaron por varios tramos de vía. Los apremiaban a pesar de las caídas para encaminarlos hasta un edificio en ruinas. Cerca de allí, pudo apreciar una hilera de coches de alta gama en una explanada. Varios sujetos armados y bien vestidos protegían la zona. Podía ser la última vez que el aire nocturno inundara sus pulmones; se apuró a inspirar, dos veces.

Los obligaron a entrar por un pasaje angosto y húmedo. No obstante, no estaba tan sucio como cabría esperar y el suelo no lo vestía el tapiz de curianas gigantes y otras aberraciones mutadas habitual de la capital. El camino descendía de manera acusada entre el chisporroteo del envejecido tendido, el tintineo metálico y un rumor homogéneo, casi monocorde, que aumentaba a cada paso.

Siguieron bajando.

Mientras Miroslav alternaba dos, cuatro, seis, ocho, diez latidos, y hasta tres arcadas más, la comitiva seguía su camino a buen ritmo, solo detenida por breves interrupciones: un par de caídas y una maniobra de Heimlich aplicada a tiempo.

Se detuvieron unos segundos antes de continuar, durante los cuales constató, aguzando el oído, que aquel sonido distante eran voces, abundantes, de entre las que pudo distinguir incluso risas. Sin embargo seguía advirtiendo esa uniformidad, ese runrún constante propio de las multitudes ordenadas que le transmitía cierta desazón. «A estas alturas — pensó—, tendría que ser uno de esos afectados postnube para no estar escamado».

8. 7. 6...

2. EL TABLERO

Subterráneos de la vieja estación de Camden, 22 de marzo de 2051 (época postnube)
23:58 h GMT

Segundos más tarde, el corredor desembocó en un amplio recinto abovedado. Varias decenas de tipos elegantes, también a la moda monocolor, giraron el cuello para observar —algunos curiosos, otros más distraídos— la aparición en la estancia del desmañado cortejo.

—¡Mira, Monthy! Parece que esto ya empieza —le dijo animado uno de los asistentes a otro, señalando a los encapuchados.

—Ya, ya Edward... menos mal, me estaba durmiendo —asintió su contertulio enderezándose en la butaca. Mientras los empujaban a una especie de escenario, una voz (similar a esas de los bandos semanales en el centro de Camden) anunció por megafonía:

«Damas y caballeros, se ruega atención. Antes de proceder con la gran ruleta, les dejaremos con una pieza única hallada en una biblioteca de Newcastle, una de las ciudades gaseadas, como ustedes bien saben. El tema se llama *We´re in this together*, creado por el grupo prenube Nine inch nails en 1999. La audición es completamente gratuita para los asistentes. Quien quiera adquirirla a la salida podrá abonar el equivalente a una sesión. Se les proporcionará en los formatos que soliciten. Disfrútenla».

—¿El equivalente? ¡Qué atropello! —rebuznó alguien de la concurrencia.

Miroslav, ya arriba, observó con disimulo cómo varios de los presentes, esgrimiendo una mezcla de exquisitos modales y miradas fulminantes, reprendieron al tipo de turquesa por su actitud. Displicente, levantó sus manos en un claro gesto de perdón y se apoltronó con su caro traje en el asiento.

Entretanto, en el entarimado, a los ya conocidos Verde y Naranja, se sumaron un Blanco y un Rojo que les ayudaron a disponer a los ocho desgraciados en círculo. Y mientras la canción rezaba *until the very end of me, until the very end of you*, Miroslav seguía en sus cábalas: «¿De quién recibían órdenes sus captores?, ¿qué salidas visibles había?, ¿cuántos sujetos había cerca?, ¿qué armas llevaban?».

Finalmente, con *you´re the queen and i´m the king, nothing else means anything*, la canción expiró.

Un intenso pitido anunció que el altavoz estaba de nuevo abierto.

—¿No son curiosas estas antiguas tecnologías,

Monthy?

—Fascinantes Edward, fas-ci-nan-tes —le replicó su acompañante con el meñique en el oído.

«Disculpen», sonó por megafonía.

«Damas y caballeros, a continuación dará comienzo la gran ruleta. Tras conocer a los participantes, serán numerados y habilitaremos las apuestas. No olviden que con el paso de las rondas el valor de las cuotas irá en descenso. Así que ya saben, aprovechen ahora nuestras cuotas iniciales. Gracias y disfruten de la noche».

Rojo, Verde, Naranja y Blanco retiraron una a una las capuchas de los ocho participantes. Sus rostros quedaron así expuestos ante la distinguida camarilla que esa noche concurría para ver el espectáculo y apostar.

Como si de expertos jugadores se tratara, todos poseedores del más excepcional ojo clínico, los asistentes al evento se adelantaron a dar estimaciones y predicciones de toda índole.

—¡Creo que me quedaré con el del traje sucio! —anunció abiertamente una espigada joven con un vestido gris marengo de tres piezas.

—¿Una vieja? ¿En qué piensan? —Casi escupió otro al fondo.

—Al travelo le tiemblan las piernas, Monthy —señaló divertido Edward.

Monthy aseveró condescendiente:

—Muy atento, hermano.

Los comentarios continuaron sucediéndose en cascada, elevando el rumor a la par que las pulsaciones de quienes eran objeto de sus divagaciones. Tanto Rojo como Verde, Naranja y Blanco aprovecharon para disponerse en puntos equidistantes del círculo, convirtiéndose en vértices de un cuadrado imaginario.

La mayoría de aquellos infelices, aún aturdidos por la acidez de la luz artificial, no pudieron atisbar cómo uno de ellos, el tipo negro, consiguió deshacerse de la mordaza.

—¡Pedazos de mierda! ¡Hijos de la gran puta! ¿Quién coño os creéis que...?

(¡Crac!)

Una eficaz combinación de *jab* y *uppercut* le bastaron al enchaquetado Blanco para dejar en conato la rebelión de aquel tipo.

—¡A quien hable sin consentimiento le daré lo suyo! —masculló el púgil mientras zamarreaba al individuo, ahora medio grogui— ¡Estate ahí quieto y escucha!

«Sin duda aquel cabrón sacudía duro», pensó Miroslav. La situación era jodida. Apretó los dientes y dejó que las manos se hicieran puños, marcando sus uñas lunas rojas en las palmas de sus manos. Cerró los ojos e hizo por refrenar el impulso de lanzarse en estampida sobre la primera fila, donde aquellas hienas de etiqueta aún le reían la gracia a su perro de presa. No iba a ninguna parte, al menos de momento, y lo sabía.

Cuando el silencio se impuso, tras una petición de la dirección del evento por megafonía, hizo su aparición un sexagenario, micrófono en ristre, efectuando unas cabriolas tan cómicas como impropias de su edad.

—¡Damas y caballeros! —dijo, dirigiéndose al público—. ¡Bienvenidos a la diversión! ¡Bienvenidos a lo inesperado! ¡Yo, el señor Xenon Tercero, les doy la bienvenida a nuestra querida gran ruleta! ¡La ruleta del Gran Londres! —Tras ello, hizo una exagerada reverencia. Todo en él era ridículo: su gesto histriónico, su traje de lentejuelas amarillas, los ojos de topo que escondía tras aquellas gafas rosas, incluso el desagradable timbre de rata de su voz; pero aun así lo adoraban.

Pudo ver con claridad cómo aquel compendio de esnobs estirados se fue transformando en una pequeña turba de hijos de puta consentidos. Cuanto más los observaba y los escuchaba, más se asemejaban a ese tipo de críos que disfrutan mutilando hormigas o acosando a la criada cuando mamá no los ve.

El presentador se giró hacia los ocho y, tras otra genuflexión hiperbólica, continuó:

—¡Señores, señora, señorita y... ¿travesti?! —Soltó una risotada y dedicó una mirada cómplice a su concurrencia antes de continuar—. ¡Escuchen atentamente! Voy a proceder a explicarles en qué consiste el juego al que han tenido la suerte de ser invitados. Por puntos, les explicaré: procedimiento, gratificaciones y sanciones. Deben saber que, cuanto antes entiendan y acepten la situación, antes les retiraremos sus mordazas. Así que... si alguno de los presentes se compromete a no hablar hasta que se le conceda la palabra, uno de nuestros ayudantes le quitará de inmediato la mordaza. ¡Quien acepte las condiciones que levante la patita!

Seis de ellos alzaron sus manos, haciendo restallar sus cadenas en el proceso. La vieja, en estado de *shock*, y un tipo calvo de aspecto retraído que no paraba de balancearse compulsivamente las dejaron abajo.

Agitando su dedo índice, el estrambótico anciano se dirigió a los monocolores del círculo:

—¡Alto!, ¡Ancho!, ¡Largo!, ¡Tiempo! ¡Ya sabéis! Lo prometido es deuda.

Miroslav observó de reojo a Blanco (el tal Tiempo) cuando se acercó a quitarle la mordaza. Se percató de que algo abultaba bajo la exquisita vicuña de su chaqueta, un arma casi seguro. Era de suponer que cualquiera de los otros estaría igualmente equipado.

Una vez pudo escupir el trozo de saco, recorrió con la lengua el rosario de ampollas que la arpillera había dejado por toda su boca y dedicó unos instantes a humedecer generosamente toda su superficie. Respiró con profusión e hizo por desentumecer la mandíbula, con un gesto que lo transformó por momentos en una mala copia de *El Grito* de Munch.

Todos se ocupaban de sí mismos. Nadie medió palabra. Verde, Naranja, Rojo y Blanco volvieron a sus puestos.

3. NORMATIVA

Estación del placer de Camden, 23 de marzo de 2051 (época postnube).
00:14 h GMT

—¡Procedimiento! —Xenon los miró uno a uno — ¡Estén bien atentos! —exclamó enarbolando una chuleta—. No me gustaría tener que repetirme. Nuestros gentiles benefactores son gente cuyo tiempo es un bien escaso —se escucharon algunos aplausos.

—Es la cosa más inteligente que ha dicho en toda la noche —aseveró Monthy.
Edward le respondió asintiendo, pero sin girar la cabeza, con toda su atención puesta en el escenario.

—¡Pro-ce-da-mos, pues! —pronunció—. Cada uno

de los participantes dispondrá de un auténtico Magnum .357, calibre 9 mm—Varias ovaciones interrumpieron fugazmente el discurso. Él sonrió con las palmas hacia arriba y, asintiendo, continuó—: Para los profanos en la materia, diré que este es un revólver Magnum prenube que se podía utilizar para cazar y que, a pesar de su gran potencia, tiene un suave retroceso. Además, dispone de espacio para ocho cartuchos en su tambor. ¡Justo el número de nuestros ilustres concursantes! ¿No es casualidad? —Las risotadas de abajo inundaban el resignado silencio que, arriba, estaban obligados a guardar— Y, por supuesto, ¡no tiene identificador de huella!, algo totalmente primitivo que... ¡nos encanta! —La audiencia se arrancó de nuevo en aplausos.

Entretanto, Miroslav no perdía de vista a dos de los caballeros sentados en primera fila que, sin dejar de hablar entre ellos, no compartían en momento alguno los arranques de júbilo a los que el resto, con mayor o menor frecuencia, sí se abandonaban. El primero era un tipo de unos cuarenta, sano, pulcro y vestido de chaqueta; pero que, lejos de esa estúpida moda monocolor, llevaba una sencilla camisa azul bajo su traje negro. El segundo era mucho más turbador; tapaba su rostro bajo una máscara oscura que imitaba el semblante de un búho o lechuza, cubría su cuerpo con una especie de sotana burdeos y, en todo momento, mantenía las manos bajo el hábito.

—¡Bien!, ¡bien!, ¡con-ti-nu-e-mos! —intervino de nuevo, usando el micrófono como batuta—. Los competidores se dispondrán apuntando a la sien izquierda del participante de su derecha con dicha mano, de manera que todos miren al interior del círculo...

Un sonido de cadenas lo interrumpió.

El presentador paró y, tras advertir que uno de lo implicados (el del traje corporativo) levantaba las manos, se acercó con parsimonia. El auditorio enmudeció y el resto de contendientes observaron atentos la escena.

—Parece que alguien tiene algo que decirnos —susurró al micrófono, para posarlo acto seguido en los labios del espontáneo— ¡Adelante, no te cortes!

—Soy zurdo.

—¡Vaya!, ¡rubito!, ¿y me quieres decir cuál es el problema? —Volvió a pasarle el micrófono con socarronería.

—Si no lo he entendido mal... alguien apostará por mí.

—¡Exacto! Veo que eres uno de esos jóvenes prodigio... —Le cedió de nuevo la palabra.

—En ese caso, tanto la persona que apueste por mí, como yo, contaremos con una ligera desventaja si tengo que disparar con mi mano menos hábil. Mi capacidad de reacción se verá mermada y, aunque no sea mucho, tendré un pequeño handicap, ¿no lo cree usted así?
Aquel individuo ocurrente, enfundado en sus lentejuelas y tras sus lentes rosas, se quedó inmóvil, inerme, totalmente expuesto. Varios comentarios de aprobación cruzaron la habitación de una punta a otra, el tipo frío se había ganado unos cuantos admiradores.

—¡Ese es mi chico! —prorrumpió la joven larguirucha de marengo, dedicándole un guiño de actriz de tercera.

—¿Te lo piensas llevar a casa si gana? —formuló un individuo amanerado vestido de granate.

—¡No! ¡Pero quizá lo contrate! —Fantaseó, con su

mano en la barbilla— ¡Mmmm! ¿Guardaespaldas?

—¿Y si pierde? —inquirió un perversa voz desde la segunda fila.

—En ese caso... le daría un digno funeral —sonrió y sobreinterpretó un beso.

Poco a poco, lo que empezó como un cuchicheo se convirtió en un insistente murmullo. Pero, cuando comenzaba a adquirir visos de jaleo de mercadillo, el hombre de traje negro y camisa azul alzó la mano y el gentío calló al instante. Los presentes, sorprendidos, observaron cómo el señor Xenon se saltaba el protocolo habitual e iba directamente abajo a hablar con el pez gordo. Miroslav tomó nota.

El viejo presentador, ahora con el rostro demudado, no hacía gala de ninguno de esos gestos histriónicos que le acompañaban constantemente en las tablas. Tan solo se limitaba a avenirse en todo momento, con gesto serio, a lo que aquel hombre le decía al oído. Cuando hubo terminado, se volvió arriba con diligencia y guardando la compostura.
Ya en el centro del círculo, y adoptando una pose distinguida, continuó:

—Los competidores se dispondrán apuntando a la sien izquierda del participante de su derecha con su mano hábil. De manera que, en el caso de un tirador zurdo, al estar parcialmente girado, el participante situado a su izquierda deberá apuntar a su nuca. ¿De acuerdo? —Alzó la mirada y giró sobre su propio eje buscando confirmación—. ¡Créanme, no notarán la diferencia! —dijo, mirando fijamente al tipo rubio, cuya única respuesta fue un sobrio asentimiento—. ¡Cof, cof!... Bien... Prosigo. Cada revólver tendrá en todo momento una única bala. Al inicio de la ruleta, uno de nuestros operarios la introducirá en la recámara y la mareará al azar, una vez hecho esto no se podrá tocar el tambor. En el caso de un disparo exitoso, se repetirá el proceso y se introducirá una nueva bala. ¿Necesitan sus vuecencias alguna aclaración?

No hubo réplicas. Algunos afirmaban, otros parecían perdidos como si no fuera con ellos, los había que miraban al suelo, pero todos apretaban los dientes. Miroslav cazó un gesto furtivo de don Importante a Xenon.

—¡Emm! ¡Sigamos, caballeros! —Parecía que el payaso de las gafas rosas iba lento para su gusto y tendría que despachar la presentación más rápido. No tardó en acelerar —. En cada ronda se hará un conteo, de uno a tres. A la de tres deberán efectuar un único disparo, ni antes ni después, ¿de acuerdo?. Con esto termina el apartado de procedimiento, pasaré a los apartados de gratificaciones y sanciones.

Monthy bostezó:

—Me aburro, Edward, ¿no podría decirles simplemente que nosotros mandamos y que tienen que coserse a balazos hasta que solo quede uno?... o ninguno.

—En ocasiones me despistas, hermano, se supone que tú eres el sofisticado. Debe haber reglas para que tenga un sentido, ¿no? —repuso Edward.

—¿Sofisticado?, para nada... Confundes mi sarcasmo y mi hastío con sofisticación. Creo que «pragmático» sería la palabra. Y en cuanto a las normas... soy de los que piensa que mejor pocas, pero siempre a favor, simple y llanamente —Bostezó de nuevo, reposado en la manga ocre de su traje— ¿Ofrecen algún servicio aparte de esto?

—¡Mmm! *bourbon* y *whisky* prenube, cocaína, endeleina, ciclosteria... no sé, y putas también; sanas, claro.

—Vamos, Ed... ya sabes tú que yo... —Le sonrió.

—¡Ya, ya...! imagino que sí, que también habrá chicos; yo no he preguntado como comprenderás...

—Hubiese sido todo un detalle de tu parte. Pero no te preocupes, me bastará con una copa, hermanito.

—¡Gratificaciones! —anunció, agitando sus lentejuelas, con un brazo en jarra— El último participante en pie obtendrá cinco mil créditos, más mil créditos acumulables por hombre muerto. Quien dice hombre dice señora, señorita o travelo. —Una mueca del presentador, ya más distendido, suscitó las risas aún contenidas del público.
Un gigantón de casi dos metros que todavía permanecía con la cabeza gacha formó un enorme charco amarillento a sus pies.

—¡Mira! ¡Mira, Monthy! —exclamó señalando al hombretón.

—¡Oh Ed! Era predecible algo así, ¿no ves que es un S.N.?
Edward giró el cuello teatralmente.

—¿Cómo? ¿que nos han colado un S.N.?... No, no lo es.

—De verdad, hermano... ¡si es evidente!

—¡Van dos mil créditos a que no!

—Que sean cinco mil —subió con un suspiro.

—¡Hecho!

El estrafalario *showman*, tras reparar en la orina, adoptó un gesto serio y se acercó. Tocando el hombro del triste coloso y levantando su rostro por el mentón, soltó otro chascarrillo:

—¿No es tierno, caballeros?

Los diques que contenían la vulgaridad del respetable desaparecieron de nuevo. Ahora, más animados, ahogaban con su clamor los ruegos entre lágrimas de aquel hombre-niño.

—¡Déjeme, señor! ¡Déjeme, por favor! ¡No quiero jugar! ¡No diré nada, señor! —Un simple amago de golpe de Blanco bastó para que aquel enorme disminuido se agachara como un perro y cejara en sus súplicas. El presentador detuvo un castigo mayor con un gesto condescendiente. A fin de cuentas, no estaba para entretenerse con naderías.

Volvió al centro del círculo y anunció con sobreactuada solemnidad:

—¡Sanciones! —Los miró de nuevo individualmente.

—Número uno: Disparar antes de tiempo, ¡Muerte! —gesticuló un disparo en la cabeza. —Número dos: Disparar más tarde o no hacerlo, ¡Muerte! —hizo lo propio con un tiro en la boca. —Número tres: Apuntar fuera del círculo, ¡Muerte! —simuló usar una enorme hacha. —Número cuatro: Quedar inhabilitado por cualquier razón para seguir, ¡Muerte! ¡De aquí no se sale herido! —arguyó. —Y número cinco: Girar el tambor del revólver, ¡Muerte! —utilizó el clásico gesto de cortar el cuello como colofón a su teatrillo.

Una lluvia de vítores inundó la sala. Se había vuelto

a hacer una vez más con la concurrencia.

—¡Buarrggg! —Una repentina y feroz llorera se impuso a la algarabía dominante. La gente, confusa, se levantó del asiento para observar con más detenimiento cómo la anciana, que había pasado de la catatonia al histerismo, cargaba sin control contra el locutor que, asustado, cayó cómicamente sobre su trasero. Naranja y Verde salieron al paso, la placaron violentamente contra el suelo y la retuvieron, no sin problemas.

—¡Auch! ¡Parece que la abuela nos ha salido luchadora!, ¡los gases tumorales no dejarán de sorprenderme! —parloteaba el viejo mientras trataba de incorporarse—. ¡Y eso que sigue amordazada!
Ya de pie y susurrando por el micro, apeló a la complicidad del público:

—¿Qué les parece si hablamos con nuestra nueva estrella? ¿Qué tendrá que decirnos? —La concurrencia, agradecida por el momento espontáneo, permaneció atenta, de nuevo acomodada sobre el cuero de sus asientos.

Tras numerosos cabezazos, presas y empujones, habían logrado someterla y revertirla a su estado anterior. La vieja respiraba profunda y pesadamente con el rostro contra el entarimado cuando el presentador se inclinó a su lado y, buscando llamar su atención, comenzó a tamborilear con los dedos sobre sus sienes.

—Creo que hay alguien que no está en lo que tiene que estar. ¿Eh? —le dijo, casi en cuclillas, repitiendo el tamborileo con insistencia. Tras lo cual, se irguió y volvió a dirigirse a los presentes.

—¡Venga, démosle una oportunidad más a esta quinceañera! ¿Qué opinan, caballeros? —La mayoría del respetable le siguió el hilo y optó por la indulgencia. No obstante, tuvo que hacer caso omiso a varias condenas de muerte anónimas. Las ejecuciones fuera de juego equivalían a menos rondas, esto a menos apuestas, y esto a menos dinero.

—¡Cuánta energía! Eso es bueno, pero tranquilos... ¡La acción está a punto de comenzar! —continuó con su charlatanería en un torpe intento de aplacar los abucheos del sector del público que clamaba descontento por la falta de sangre. Tenía la impresión de que se había metido en un jardín, y, angustiado, no paraba de mirar de reojo al mandamás. No le agradaba la idea de que su muerte acabara siendo el remedio al tedio de aquellos tipos.

—¡Venga, joder! ¡Lleváosla a su sitio! —musitó nervioso a Naranja y Verde.

Con todo en orden continuó:

—¡Damas y caballeros! Antes de proseguir con el reparto de las herramientas de trabajo de nuestros contendientes, tenemos que dar la bienvenida a una visita muy especial. La labor de esta persona es de tal calado intercorporativo que ha preferido guardar su anonimato bajo el sobrenombre de Míster Morbo. ¡Por favor, recibámosle como se merece!

El hombre del hábito y la máscara se levantó y saludó sin adornos mientras recibía una cerrada ovación. Miroslav, aún pendiente, logró retener un fotograma mental de su mano antes de que la devolviera a su bolsillo: larga, cenicienta y rematada por unas amenazadoras uñas, tan negras como aquellas horas.

Por más que intentaba hacer memoria, no recordaba a nadie con semejantes síntomas o efectos, y había conocido a muchas víctimas de los gases mutágenos, que no eran pocos... Zvi27, Ter31, Gra78... pero no... ninguno le cuadraba.

4. PEONES

Estación del placer de Camden, 23 de marzo de 2051 (época postnube)
00:33 h GMT

Tan pronto como el invitado hubo vuelto a su asiento, se reinició el espectáculo. El señor Xenon dio unas indicaciones a Verde que, a continuación, se perdió tras un oscuro telón, para volver minutos después con una mesita rodante. Encima de la misma se encontraban los Magnum .357, la correspondiente munición, una escopeta de cañones recortados, un hacha de mano y un montón de cartillas de racionamiento.

Xenon cogió uno de los documentos y, tras inspeccionarlo por encima, se acercó a la única joven del grupo.

—Bien, bien... —Miró de arriba abajo a la chica—. Nuestra participante número uno es la señorita... —En trecerró los ojos acercándose los papeles—. ¡Vaya, vaya, si tenemos entre nosotros una sin tierra! ¡Claudia Veretti! —exclamó, haciendo gala de un macarrónico italiano.

Ella dio un paso al frente con los puños apretados y, mostrándole sus dientes castigados por el extraflúor de las aguas comunales, esputó una retahíla encendida:

—*¡Io ti taglio il pene! ¡Io lo giuro! ¡Io ti taglio i genitali! ¡Testa di cazzo! ¡Figlio di puttana!*

—¡Alguien quiere cortarle los huevos amigo! ¡Yo me andaría con cuidado! —aconsejó una voz en la tercera fila.

Verde tiró con firmeza de las cadenas de la mediterránea e interpuso un brazo.

El presentador reculó precavido y añadió:

—¡Veamos si le queda bien o no nuestro juguete! —Hizo una señal a Verde, que se apuró a cortar las bridas de la joven, tras lo que introdujo una bala en el tambor del revólver y lo hizo girar. Se lo ofreció por la empuñadura. Claudia miró su rostro, inexpresivo, y se la arrebató con ansia. Le temblaban los brazos, las manos, los dedos, los labios, la piel, el alma y hasta las intenciones.

—¡Todo aquel que amartille su arma antes de la señal morirá! ¿Queda claro?
Xenon la miró indicándole con un ademán la posición de Blanco, que abrió su americana para mostrarle una preciosa Desert Eagle con identificador de huella.

—¡Chist! —La avisó Verde, a su lado, tocándose un bulto de su chaqueta y sentenciando—: y somos buenos en esto, recuérdalo.
Resignada y aún temblando, aguardó.

El siguiente, a la izquierda de la italiana, resultó ser el gigantón cobarde.

Xenon se dirigió hacia él y prosiguió:

—¡Nuestro número dos de esta noche es el gran tipo tierno que ya conocen! ¡Adorable sin duda! — Se apuró a buscar entre el resto de libretillas que Rojo le había traído—. ¡Steve O'Mahony Lefebvre! —Se le torció el gesto—. ¡Mmm!... debo decirles que... además de tener unos veinte años es un... —se frenó— S.N.

Tras unos segundos de silencio, algunos silbidos y abucheos expresaron el sentir de la gente. Xenon lanzó una mirada fulminante a Naranja y Verde. Ambos evitaron el contacto visual.

—¿Un S.N.? ¿Cuántos S.N. nos han colado ya? ¡Llevamos ya tres ruletas con la misma cantinela! —estalló Edward, agitando su traje color yema, como un pollo sin cabeza; sabedor de los gastos extras que le supondría el asunto, no tanto en dinero como en crédito. Ese otro tipo de crédito, el que no podía comprar.

—¡Te lo dije, Ed! ¡Era evidente! Cinco mil superfluos pero merecidos créditos —Metió el dedo en la llaga.
El viejo presentador, con el disgusto aún en su flácido cuerpo, miró a la cuarta fila, donde se encontraban los escandalosos hermanos, y se desató:

—¡Bienvenidos, señores Redferne! —vociferó airado—. ¿Lord Edward Redferne? ¿Lord Monthy Redferne? —ambos respondieron alzando la mano con corrección—. Estamos encantados de poder contar con la presencia de dos anacronismos de sangre azul como ustedes, caballeros —bajó un poco el tono—. Dicho esto, si me permiten...
—Edward calló y Monthy, con un gesto casi inapreciable, apremió a Xenon.

—¡Gra-cias! —dijo, tras lo cual se giró hacia Naranja y murmuró—: ¡Y dadle ya la puta pistola a ese idiota!

Xenon dirigió sus lentejuelas hacía el concursante de color, volviendo a su labor.

—¡A ver! ¡Ah, sí! Nuestro amigo el morenito bocazas... —revisó el documento—. Aquí tienen a nuestro número tres: ¡Phillip Kane! Es fuerte, negro y está lo suficientemente sano como para apretar un gatillo.

Los operarios aceleraron el ritmo mientras el presentador iba ya a por el siguiente.

—Solo cuando se dé la señal... —le recordó Verde a Kane, dándole unos golpecitos en el Magnum antes de irse— Recuérdalo.

—¿Elegirán al caballo ganador? —inquirió Xenon a los jugadores (los que se jugaban solo dinero) mientras se situaba al lado de Miroslav—. ¡Veamos a quién tenemos por aquí!... —Rebuscó—. ¡Miroslav Kuzanovic! Y.... ¡Señores! –releyó de arriba abajo—. ¡Tenemos, nada más y nada menos, que a un exsoldado prenube entre nosotros! ¡Infantería!
Se escucharon algunos comentarios favorables a su perfil.

—¡Y tú, estrellita! ¿No tienes nada que decir? —le puso el micro en la boca.

—No —repuso sucinto, y alargó las manos para que cortaran sus bridas.

—¡Un tipo callado suele ser un tipo de acción! ¡No lo olviden! ¡Nuestro participante número cuatro! ¡Don Miroslav Kuzanovic!

Phillip Kane giró la cabeza buscando el rostro de su posible ejecutor. Miroslav le mantuvo la mirada.

—¡Este no es lugar para romances, caballeros! —comentó Xenon, dándole unos golpecitos en el brazo a Miroslav. La concurrencia reía animada.

Phillip Kane miró su revólver, frío y niquelado. Se agitaba como una víbora en una sartén, presa de la angustia nerviosa de sus manos y de la zozobra de sus dedos. Rojo se acercó y, agarrándole la mano, le susurró:

—Respira profundamente, aprieta tu arma y relaja el brazo, ¿ok?

—¿Algún problema con el número tres? —espetó Blanco.

—Ninguno. ¿Verdad, número tres? —Rojo agravó su tono.

Kane sacudió la cabeza y cogió aire.

Rojo volvió a su posición ignorando las miradas de reproche de Blanco.

—¡Continuemos, caballeros! —bramó Xenon acercándose a la vieja—. ¡Esperemos que nuestra adolescente esté ya más calmada! —Naranja y Verde le quitaron la mordaza y le pusieron el arma en las manos.
La mujer estaba en otro mundo.

—¡Damas y caballeros, un fuerte aplauso para una dama que compartió época con Tony Blair! ¡Mildred Greaves! ¡Nuestra número cinco!

—¡Terry! ¡Puto S.N.! ¡Imbécil! ¡Escucha! —El presentador zamarreó disimuladamente la manga de Naranja y le amenazó con el micro enterrado en la chaqueta—. Esta vieja está afectada por el Fol69. ¿No sabéis leer? Cada día peor... ¡Joder! ¿Queréis que os recambie a ti y a Jeff o qué?

—Cada vez hay más S.N., jefe, y los viejos tienen

todos algo, es muy dif...

—¡Bla, bla, bla! ¡Ya hablaremos después! —desenterró el micro y se aproximó al tipo rubio de traje corporativo.

—¡Número seis! ¡Nuestro tipo listo! ¡El hombre de hielo! ¡El tipo elegante! —Xenon alzó la tarjeta de identificación mostrándola al público y volvió a mirarla— ¿Te gastabas mucho en fijador cuando eras un tipo de empresa, rubio? ¡Sales muy repeinadito aquí!

—¡No seas tan rencoroso, vejestorio, y deja a mi chico en paz! —intercedió su apostante número uno haciendo bailar las largas mangas marengo de su vestido. El presentador, forzando una sonrisa, leyó:

—¡Sean Keamy! —Acto seguido, arrojó la tarjeta a la joven de la tercera fila (con bastante acierto, todo sea dicho)—. ¡Regalo de la dirección para usted, señorita Beauveais!

—¡No me defraudes cariño! —Besó el carné y se lo guardó.

Keamy, sin mediar palabra, se remangó la camisa, cogió el .357 y lo examinó con detenimiento. Miroslav miró de reojo cómo repasaba cada detalle del revólver por orden, metódicamente, como lo haría él. No era su primera vez.

—¡Me reiré mucho cuando te vuelen la cara! ¡Payaso! —le imprecó Xenon de camino al sexto participante.

Antes de que se leyese nada sobre el número siete, Blanco se había adelantado a parar su balanceo. Una mano firme en su cuello y unas palabras al oído bastaron para que el tipo cesara su vaivén. No obstante, seguía enajenado.

El monocolor condujo la mano del tipo calvo, prácticamente cogió el Magnum por él.

Xenón obvió el enorme «S.N.» que copaba la primera página de la libretilla y anunció:

—¡Bob Wright! ¡Es nuestro participante número siete! ¡Treinta y cinco años! ¡Nacido en Camden! —le quitaron la mordaza y fueron a por el último competidor.

—¡Bob! ¡Bob! ¡Bob! ¡Bob! ¡No le hagan nada a Bob! ¡Mi amigo Bob! ¡No a Bob! ¡No! ¡No! —farfullaba el enorme Steve en el otro extremo del círculo.

Rojo se apuró a agarrarlo por la nuca.

—¡Calla si no quieres que te callen! —buscó su mirada—. ¿Me entiendes?

—Bob no... no... Bob... es mi amigo...

—¿Me entiendes? —reiteró, tanto las palabras como el apretón.

—Bob... —Lloró.

Rojo relajó la presa.

—Cálmate, ¿de acuerdo? —dijo, dándole un golpecito en su enorme antebrazo.

Por suerte, aquel enorme afectado, por alguna razón, sea la que sea, decidió callar.

Blanco, atento a la situación, resopló. A pesar de percatarse, Rojo decidió volver a su posición sin más, no quería problemas.

Xenon flanqueó al último participante. Se aclaró la voz y, adoptando una pose histriónica y resuelta (mentón alzado y palmas hacia arriba), continuó:

—¡Y las presentaciones llegan a su fin con nuestro octavo participante! ¡La dama en cuestión se llama James Hateman!

Hubo risas.

El travestido mezcló saliva y aire en un intento atropellado de tragar y respirar.

—¡Esperamos todos que seas tan buena disparando como engullendo, cariño! —bramó alguien en la tercera fila.

—¡Apunta bien! ¡Esta noche te vendría bien ser tú quien la meta!

Más risas.

Retahílas y retahílas de piropos malintencionados se iban sucediendo, mientras James apretaba su falda morada con fuerza, mirando al suelo, clavando las uñas plásticas en el tejido sintético.

—¡Yo ya iba a pedirle las tarifas! —Se escuchó en la cuarta fila.

El auditorio se tornó en algarabía.

Miroslav volvió a reconocer a aquella jauría, feral y despiadada; a aquellos depredadores que no podían esconder su sucia ralea, ni siquiera bajo trajes confeccionados a medida. De nuevo estaban desatados. Se secó las manos de sudor y volvió a afianzar el arma entre sus dedos.

—¡Por favor, caballeros! ¡Calma! —rogaba Xenon mientras Blanco cargaba el último revólver—. ¡Dejen ya en paz al señor Hateman! —dijo el presentador, para cambiar de repente el rictus de la teatral seriedad a la comunión total con la audiencia— ¿o prefieres Hattie, preciosa?

Hateman oyó de nuevo las risotadas. Las sintió profundas, en sus manos y en su estómago, en sus ánimos y en su pelo, en el de verdad, el que descansaba escaso, casi tacaño, sobre su sufrida y sudorosa calva.

—¿Qué dices cariño? ¿Un último servicio? —musitó

al micro, llevándose la otra mano a la bragueta.

James, que no pudo más, se lanzó sobre el viejo buscando su garganta con las manos, con las uñas, con los ojos. Blanco reaccionó con velocidad: con una llave le bloqueó uno de los brazos tras la espalda. Apretó sin piedad, forzando el ruego.

Hateman cedió.

—¡Aghh! ¡Por fav!... ¡arghh! —no lograba articular palabra.

El viejo presentador, que había perdido el equilibrio, recuperó la compostura y tapó el micro para hablar:

—¡Va, va! ¡No perdamos más tiempo, tenemos que empezar ya!

—¿Te vas a estar quieto, maricón? —inquirió Blanco, relajando la presa.

—¡Sí, sí! —Se irguió todo lo que le permitió. (¡Paf!) Le atizó un tremendo revés, lo cogió por la cara y, apretándole la boca, casi uniendo ambas comisuras, sentenció:

—¡No quiero oírte más! —Le tendió el revólver, tras girar el tambor, y le advirtió—: Y recuerda bien las normas o... —Se tocó su automática—. ¿Estamos?

Aquel hombre travestido, atenazado, oculto tras sus cabellos rubios de quince con cincuenta y con las piernas a punto del colapso, solo acertó a asentir y a responder:

—Estamos.

Xenón Tercero se posicionó en el centro y anunció:

—¡Caballeros, disponen de cinco minutos para apostar!

Rojo, Naranja, Verde y Blanco se situaron de nuevo en sus posiciones iniciales, a modo de vértices de un cuadrado imaginario exterior al círculo.

8. 7. 6...

5. UN TÍO CON SUERTE

Estación del placer de Camden, 23 de marzo de 2051 (época postnube)
00:44 h GMT

La megafonía, con un chirrido, volvió a hacerse notar: «Damas y caballeros, tal como el señor Xenón tercero ha anunciado, pueden ordenar sus apuestas. Alcen sus manos y uno de nuestros asistentes del placer acudirá para que puedan cursar su correspondiente apuesta. También podrán hacerles la petición que deseen de entre el amplio surtido de divertimentos del que disponemos, haciendo así su espera más amena; o bien, acompañando la excitación de la partida y haciendo así su participación con nosotros más completa. Si lo desean, cada uno de nuestros expertos del deleite les mostrará la carta con nuestros servicios.

»Mientras nuestros trabajadores disponen correctamente a los participantes en las posiciones y posturas adecuadas, les dejaremos con el tema, ya clásico, que siempre acompaña todos nuestros preludios: "Do the evolution" del grupo prenube Pearl Jam, perteneciente al disco *Yield* del año 1998.

»Como ya saben la mayoría, excepto los hoy iniciados, tanto este tema como las posteriores composiciones, una por ronda, se les regalarán íntegras en el formato que deseen a la salida del evento. Los temas posteriores serán en su mayoría de índole instrumental para favorecer el correcto desarrollo del juego. Gracias y disfruten».

Una amalgama de jóvenes, chicos y chicas, desde la pubertad hasta la treintena, de diversas razas, pero todos cortos de ropa, se esmeraban en colocar a los ocho desgraciados en su respectivo lugar. Mientras tanto, los cuatro operarios monocolor observaban, atentos a cualquier movimiento sospechoso.

Miroslav quedó emplazado cerca del borde del escenario, a poca distancia de la primera fila. Calculó la extensión de los tramos de cadena entre cada uno de ellos. Estimaba dos metros, que no eran mucho pero daban cierto margen de maniobra.

La voz en off, mientras tanto, seguía anunciando: «Y recuerden, damas y caballeros: ¡Somos la evolución!».

Justo en ese momento, unos enormes focos revelaron una extraña imagen en la pared del escenario. Una figura humanoide con pechos y caderas de mujer, pero provista con un imposible falo y cabeza de animal, aparecía dibujada en rojo (quizá sangre) en el interior de una estrella de cinco puntas.

El gentío aplaudió de forma homogénea y sostenida la aparición de aquella efigie. Incluso las dos eminencias, observó Miroslav.

Tras poner a disposición de todos, tanto participantes como espectadores, unos indispensables tapones, Xenon advirtió:

—¡Señores! Les aconsejaría que se los introdujeran en sus apreciados oídos. Nuestros estimados chismes son ruidosos, como una turba de indigentes de los suburbios —Miró a los participantes—. Ya me entienden, caballeros.

La megafonía se abrió de nuevo:
«Damas y caballeros, quedan cerradas las apuestas por ahora. Gracias y buena suerte».

Un sonido pesado, como de ruedas, proveniente de uno de los laterales de la estancia, sorprendió a la mayoría. Miroslav desvió atento la mirada para ver cómo una especie de mampara portátil era transportada por varios de esos chicos a medio vestir. Parecía bastante gruesa y era casi totalmente cristalina, aunque no muy alta.

—¡Polímero de kevlar, transparente al noventa y ocho por ciento! ¡Único en su clase y solo para la protección de nuestros clientes! —voceó el viejo presentador.
Miroslav Kuzanovic chasqueó la lengua y resopló.

—¿Qué? ¿Te han jodido el plan, soldado? —susurró el tipo rubio a sus espaldas.
Aludido, giró la cabeza.

El tal Keamy hizo una mueca y añadió:

—Mucho me temo que no nos queda otra que matarnos como perros.

—Ya —espetó Kuzanovic volviendo a girarse. Se quedó mirando fijamente aquel muro: sólido, bien situado, pero no muy alto...

La obertura de *El barbero de Sevilla* inundó de repente la sala. Unos pocos aplausos fueron para la obra, la mayoría para lo que significaba.

—¡Da comienzo la ronda uno! —anunció Xenon, adoptando de nuevo esa teatralidad más cercana a la pompa que a la interpretación en sí—. Recuerden el procedimiento. Somos personas de culto y, por lo tanto, ordenadas —Después se situó a buen recaudo fuera del círculo y alzó la mano.

El volumen de la música comenzó a subir a la par que sus compases más conocidos iban revelándose.

—¿Preparados? —el silencio, ahora, solo era violado por los vaivenes de la obra de Rossini, convertida en la única constante auditiva en aquel recinto.

—¡Uno! —Todos amartillaron su arma

—¡Dos! —Tres, cinco, ocho latidos, dos arcadas, un escape de orín.

—¡Tres!

......................¡Clic!............¡Clic!.....¡Pum!...................
...........¡Clic!..¡Clic!........¡Clic!.........¡Clic!.......................
....................¡Clic!...

El cuerpo de Bob Wright cayó a plomo. No quedó rastro ni de su calva ni de sus gafas; solo carne, hueso y sangre. Su altura podía medirse ahora desde los pies hasta los hombros.

El público estalló en aplausos, entregándose a un orgasmo de aullidos, silbidos, felicitaciones y lamentaciones.

—¡Bob! ¡Bob! ¡No! ¡Bob, no! —bramó desconsolado el pequeño gran Steve.

Blanco resopló y se encaminó hacia él.

¡Paf! Un tremendo revés de Rojo calló al S.N., el único de su condición que quedaba sobre el entarimado. Este se agachó llorando, convirtiéndose en el mayor ovillo jamás visto. Rojo desvió la mirada. Kuzanovic lo observó curioso; algo no le encajaba, quizá para bien.

Hateman, el travesti, miraba a todos lados volviendo constantemente la vista a sus manos. Estas habían adoptado la cadencia enfermiza de los afectados por el párkinson. La culpabilidad quebró sus nervios, sus piernas y hasta sus tacones con brillo, dando con sus rodillas en el suelo.

–Yo...yo...no...yo... –el Magnum se desprendió de sus dedos.

Ahogada por el cacareo reinante, la voz del altavoz apenas se escuchó:

«Damas y caballeros, nuestro participante número ocho, el señor James Hateman, acaba de tener un estreno inmejorable, suma mil créditos a su cuenta en caso de concretar la victoria final. El participante número siete, Bob Wright, ha sido eliminado. Pueden apostar de nuevo. Gracias».

Naranja y Verde procedieron a retirar el cadáver, no

sin antes quitar las cadenas del cuerpo que, a partir de ese momento, unirían al travesti y al rubio, Sean Keamy.

Naranja llevaba la mayoría de las llaves encima, observó Miroslav.

Entretanto, Blanco se dispuso a realizar la correspondiente inserción de nueva munición en caso de disparo exitoso. Nada más llegar le dio un puntapié en las costillas a Hateman.

—¡Coge tu arma y siéntete afortunado! Con suerte te matan pronto y dejas de dañarme la vista, ¡maricón! —Miró hacia abajo.

El hombre seguía aturdido. Blanco dio tres fuertes palmadas.

—¡Vamos! ¡Coge tu arma, joder! —reiteró, también la patada.

Hateman se levantó con la cabeza gacha, temblando y descalzo. El monocolor apartó los zapatos de tacón con los pies, cargó el arma y se la tendió.

6. HATTIE

Estación del placer de Camden, 23 de marzo de 2051 (época postnube)
00:56 h GMT

Mientras los asistentes de posicionamiento realizaban las revisiones pertinentes, comenzaron a escucharse los primeros compases del *Bolero* de Ravel. Xenon se situó y los monocolores salieron del círculo

Miroslav se quitó los tapones y masticó el olor intenso y ferroso de la sangre fresca. Inundó sus fosas nasales, su faringe y su laringe, y; aunque ya a esas alturas tenía las arcadas bajo control, no dejaba de ser una sensación desagradable, una especie de mal augurio, uno demasiado claro.

Intentó olvidarse de su gusto y de su olfato, poner

atención en su oído. Podía notar que los ladridos de aquellos perros enchaquetados eran cada vez menos numerosos e insistentes. Debían de estar pensando de nuevo en
la pasta, el único dios que conocían. Lo glorificaban, en
este caso, con silencio, concentración y apostando con el
mayor tino posible.

Kuzanovic miró al respetable y apretó la anatomía
del Magnum con toda la extensión de su mano.

—¡Escúchame! —oyó decir al tipo negro.

Miroslav no respondió.

—¡Prométeme una cosa! No se si lo harás, pero yo
te lo juro —estaba acelerado.

—¡Chsss! Nos van a oír —intentó acallarlo.

—Si soy yo quien sobrevive, te prometo volver y ma-
tarlos —Siguió Kane.

—¡Calla, joder! —Kuzanovic advirtió que Naranja se
había percatado.

—¡Me lo prometo a mí mismo! ¡Lo juro!

La asistente que corregía sus posturas, una peli-
rroja de top testimonial, los miró fijamente, aunque no
medió palabra alguna.

Miroslav reparó en como los miraba, tras su máscara, el tipo inquietante de la primera fila. Este, que se
encontraba en ese momento departiendo con su anfitrión, el otro mandamás, alzó la manga de su sotana y
los señaló.

Estaba riendo. Lo sabía. No sabía como, pero reía;
bajo aquel búho tallado en madera, plástico o cerámica,
reía. No podía asegurar por qué, pero tenía la certeza. Se
reía. El don importante con traje corporativo le seguía las
chanzas (que seguro que las hacía) e hizo un ademán,
como restando importancia a algo, condescendiente.

—¡Eh, tú! ¡Negrito! ¡Callaos! —Naranja se acercó—. Sabéis que no se puede hablar. ¿Lo sabes no? ¿Eh, negrito? —Inquirió, acompañando las palabras con sonoras bofetadas.

—¡Pff! Tío, yo no tocaría eso —escupió Verde—. A saber en que agujero ha metido la cabeza ese apestoso.

Phillip Kane dio un paso atrás y, con la cabeza erguida, miró a ambos desafiante.

—No hablaremos más. ¿Vale? —intervino Miroslav.

—¡Tú, comepollas! ¿Queréis ver como os doy una paliza? Este no es el único espectáculo que les gusta— dijo Naranja, señalando las primeras localidades.

—¡Tch! Vuelve a tu sitio, Terry —intercedió Verde, agarrándolo del brazo.

—En un rato estaremos en casa. Tú con tu esposa, y yo... yo seguramente con un par de estas quinceañeras —Miró a ambos con una sonrisa cínica y prosiguió—: con la primera mamada se me habrá olvidado ya la cara de estos dos, con la segunda... ni recordaré a qué agujero fuimos a tirar las bolsas de basura   —Se acercó a Miroslav, le dio dos palmaditas en el antebrazo y volvió a su posición. Naranja le siguió a regañadientes.

Phillip atendió las indicaciones de las auxiliares (que habían vuelto) y se giró. Aun así continuó cuchicheando:

—¡Júramelo!

Miroslav suspiró y, tanto él como Phillip, escucharon la voz de Sean Keamy, el tipo rubio:

—¡Calla ya, negro! ¡Aburres! Ni tú ni el soldadito saldréis vivos de aquí, ni yo, seguramente. Dudo mucho que dejen vivo a nadie.

—¡No le escuches! —dijo tajante Kuzanovic— ¡Te lo

juro! ¿Vale? Los mataré uno a uno si puedo. Y a ti...

—continuó, girando la cabeza hacia Keamy— ¡A ti te aconsejo que te calles, pedazo de mierda corporativa!

—¡Tranquilo, tío duro! ¡Primero la abuela! —bromeó, peinando la nuca de la vieja con el cañón de su .357.

La anciana no reaccionó.

—Me vale —dijo Phillip Kane.

Una vez el círculo quedó despejado, habitado en exclusiva por los siete participantes, la megafonía anunció: «Se hace saber a nuestros clientes que las apuestas quedan cerradas hasta nueva orden. Gracias».

—¡Da comienzo la ronda dos! —Xenon alzó la mano.

—¿Preparados? —el frío del acero danzaba nervioso en sienes y nucas al son de la obra de Ravel. La música, *in crescendo*, se fue imponiendo poco a poco al silencio reinante hasta inundarlo todo con su marcado ritmo de caja.

—¡Uno! —El sonido de un requinto solista engulló el ruido de amartillar las armas.

—¡Dos! —Hateman, cuya mirada se perdía en el suelo, bajó el arma. Sus brazos parecían pender sin más desde sus hombros y sus piernas se asemejaban, cada vez más, a dos enormes vibradores al máximo.

Blanco resopló y se llevó la mano a la americana.

—¡Dos! ¡No repetiré más! —amenazó el viejo presentador, agitando el brazo con brío.

Varios espectadores levantaron sus traseros del cuero para otear con detalle lo que sucedía.

—¡Arghhh! —Hateman gritó levantando el arma repentinamente. Con el rimel formando meandros en su cara desencajada, apuntó a Xenon y disparó una (¡Clic!) y hasta dos veces (¡Clic!), pero... (¡Pum!)... un disparo certero alcanzó la cabeza de Hateman abatiéndolo antes de su tercera detonación. Quedó así en el suelo, inmóvil e inerme, en una postura digna de un contorsionista.

El público, ya casi al cien por cien de pie, aplaudió y alabó el buen hacer del monocolor Blanco: el hombre callado que, sesión tras sesión, se había ganado al público con su capacidad para hacer respetar las normas.

Max Cox liberó el último botón nacarado de su chaqueta blanca y se acercó al cuerpo del infractor. Le dio la vuelta. El tiro le había atravesado la cara, hasta era difícil determinar qué era boca y qué nariz, pero al parecer no había sido suficiente para matarlo. Lo sabía porque podía escuchar cómo el aire se lograba escapar, a duras penas, de sus fosas nasales, era un sonido fino, un pitido desagradable y angustioso.

—Estoy perdiendo facultades —dijo en voz baja, casi para sí mismo— ¡Tch! —chasqueó la lengua y sacó la automática para, acto seguido y con desidia, descerrajarle dos tiros más a quemarropa.

Se volvió y, mirando al presentador, añadió:
—¿Qué, viejo? ¿Has mojado las compresas?

Xenon, con el estómago aún del revés, ni se percató de las burlas. Se secó la frente con la manga plateada que dejó marcas de las lentejuelas sobre su piel arrugada. «Un detalle sin importancia— pensó— sobre todo después de haber estado a punto de caer agujereado por un travelo desquiciado».

La música cesó. La dirección debía dar un aviso:

«Se informa a nuestros socios de que el participante número ocho, James Hateman, ha sido eliminado por incumplir la normativa. Tras este incidente, procederemos de nuevo a reabrir las apuestas. No obstante, antes de hacerlo, les avisamos de que en casos como este, los jugadores deben descargar sus armas ya amartilladas. Para ello, todos alzaran sus revólveres hacia el techo y realizarán una única detonación. Gracias».

Los seis jugadores que quedaban, dos de ellos (Steve y la vieja Mildred) asistidos respectivamente por Rojo y Verde, alzaron el brazo y apretaron el gatillo.

....¡Clic!............................

......¡Pum!.................¡Clic!...............¡Clic!.......................

..............¡Clic!.........¡Clic!...

El Magnum del gigantón escupió una atronadora descarga. Lo que provocó que Claudia, la joven situada justo delante del S.N., cayese postrada sin fuerzas, dominada por sus vísceras y por el vértigo del momento. Rendida por completo a los reclamos de su cuerpo, regurgitó con fuerza varias veces; quedando vacía de sólidos, líquidos y casi de miedo.

—¡Vaya, caballeros! ¡Parece que es el día de suerte de nuestra señorita italiana! ¿No creen? —señaló, Xenon Tercero—. ¿Te ha sentado mal el desayuno, cariño? ¿Comiste rancho en mal estado en los suburbios?

El auditorio reforzó, con risas y aplausos, los esfuerzos del viejo por reponerse al susto vivido y, ¿qué mejor manera que mofándose de un tercero con peores augurios de futuro que uno mismo?

—¿Qué te parece, Monthy? Por ahora está resultando entretenida la velada, ¿no crees? —preguntó Edward, tirando de la manga ocre de su hermano.

—No te lo negaré. Por ahora estoy bastante satisfecho con el espectáculo —respondió Monthy, satisfaciendo la necesidad de aprobación del menor de los Redferne.

—¿Me dirás por quién has apostado?

—Solo te diré que aún sigue vivo. Así que, si todo marcha... no solo ganaré lo de nuestra apuesta anterior. —Sonrió abiertamente.

—¡Vale! —torció el gesto— Entonces estamos igual; el mío también sigue vivo.

—Solo espero que esta vez no te la hayas jugado por otro S.N. ¿No? —Siguió con sorna el hermano mayor.

—¡No! ¡Ya lo sabrás cuando gane! —respondió, apoyándose en el reposabrazos opuesto.

—¡Venga, Ed! ¡No te lo tomes así, solo estaba bromeando! —Le dio unas palmaditas—. Te invito a un escocés con hielo.

Rojo se acercó a recargar el revólver del enorme Steve. El cual, asustado, lo había dejado caer al escuchar la detonación.

—¿No lo recoges? —preguntó Rojo, señalándolo con el pie.

Steve, sin dejar de mirar el Magnum con el mismo recelo que un gato oye las voces de un televisor, hizo amago de inclinarse. Rojo oteó la posición de Blanco y lo vio ocupado. Parecía enzarzado en una conversación con Xenon.

—¡Mira! —dijo el monocolor, agachándose con celeridad—. ¿Ves? —abrió el tambor delante de él, aún en cuclillas, e introdujo una bala. Se levantó de nuevo y, tras marear el proyectil, se la tendió por la culata.

—Solucionado.

—Gra... gracias

—Recuerda las normas, ¿vale? —terminó por aconsejarle, acompañando las palabras de un golpecito en el hombro. Parecía que Blanco seguía ocupado.

Naranja y Verde reajustaron los tramos de cadena, dejando a la italiana como posible verdugo de Keamy. Tras ello, arrastraron el cadáver de Hateman hasta fuera del entarimado, pintando en el suelo una sinuosa interestatal de sangre y masa encefálica.

—¡*Io ti taglio il pene, io ti taglio il pene!* —musitaba Claudia con la mirada hacia el suelo, en una mezcla de ruego, ira y fatiga. Afanada como estaba en quitarse de boca y barbilla los restos de comida empapados en bilis, no reparó en la mirada burlona que le dedicaba el exmiembro corporativo.

—Una pena que no nos ofrezcan una última comida antes de palmarla. ¿No crees encanto?

La joven de los suburbios alzó la vista para ver como el sarcasmo de Keamy no solo se adueñaba de su tono de voz, sino que impregnaba, casi embebía, todas sus facciones; en especial sus cejas, dos culebras bermejas que bailaban bien adiestradas (y depiladas) sobre aquellos ojos de expresión fría y distante. Unos orbes ajenos tanto a su verborrea como al resto de su cuerpo.

Veratti le mantuvo la mirada unos segundos pero, hastiada y angustiada por la falta de aliento propia de un ataque de ansiedad, prefirió aprovechar la llegada de una liviana azafata (de no más de quince años) para desviar de nuevo la vista. Buscaba así poner la atención en cualquier elemento fijo que le ayudase a concentrarse y relajarse, de manera que el aire llegara de nuevo a sus pulmones, y poder sentirlos de nuevo como enormes bolsas de la compra y no como esos pequeños plásticos para hacer hielo que le venían a la mente.

7. FREGONA

Estación del placer de Camden, 23 de marzo de 2051
(época postnube)
01:09 h GMT

La voz aséptica de megafonía retumbó de nuevo en la
sala:

«Damas y caballeros, el tiempo para hacer las
apuestas de la tercera ronda ha comenzado. Se ruega celeridad. Y recuerden: nuestros servicios alternativos cu-
bren todo tipo de orientaciones sexuales, incluidas filias
y parafilias, así como numerosos tipos de bebida y dro-
gas, ya sean prenube o actuales. Incluso si cree que no
podemos cubrir sus necesidades avise a uno de nuestros
asistentes del placer, podemos sorprenderle gratamente.
Gracias por su patrocinio. Disfruten, camaradas».

Xenon Tercero sacó con lasitud un colorido pañuelo de su, ya de por sí, vistosa indumentaria. Pasó varias veces la tela por su rostro, con insistencia, empapando el trapo a cada pasada; dejando así los poros del viejo más despejados y su mente más enfocada.

—¿Recuperado ya, jefe? —preguntó Blanco; no sin sorna.

El viejo Michael Kast (Xenon) se guardó el pañuelo con torpeza, enojado, y farfulló:

—¡Calla la boca ya y vuelve a tu sitio!

El monocolor asintió y se dio la vuelta con parsimonia

—¿Y qué coño hace tu hermano? ¡Joder, esto es un caos!

Blanco hizo oídos sordos y se encaminó a su posición.

Con Naranja ajeno a la escaramuza y afanado en fregar el escenario, se comenzaron a escuchar los primeros segundos de sintetizador del *Enola Gay* de Orchestral Manoeuvres in the Dark.

—¡Ancho! —voceó el presentador fuera de micro—. ¡Deja ya eso! ¡Esto no es una puta pasarela!

Naranja resopló y dejó de restregar los despojos sobre el entarimado. Estrujó la fregona, agarró la cubeta y abandonó el círculo por donde estaba el viejo.

—Me relaja, jefe. Lo siento —le dijo cuando pasó a su altura.

—En serio, Terry; me cuesta creer que no seas uno de esos putos *borderline*. Haces cosas que no tienen ni pies ni cabeza.

Terry Cox frunció el entrecejo y amenazó con la cabeza al minúsculo presentador, de la forma en que lo haría uno de esos extintos ñus: enterrando la frente en la del adversario y haciendo presión con el cuello.

Algunos espectadores, atentos a la situación, se reían abiertamente. Otros bostezaban y se quejaban de forma manifiesta por la pérdida de tiempo.

—¡Psst! –avisó Blanco.

Terry giró la cabeza y asintió al ver el rictus severo de su hermano; después volvió a buscar la mirada (ahora esquiva) del viejo Mike y, mordiéndose la lengua literalmente, separó su testuz mientras negaba con la cabeza. Finalmente continuó su camino y el sexagenario respiró aliviado.

La mano en alto del *showman*, junto al aumento del volumen de la melodía sintética de OMD, marcó de nuevo la cuenta atrás y, con ello, el más que probable deceso de alguno de aquellos seis desarrapados.

—¡Uno! —el repiqueteo heterogéneo del amartillado de los revólveres se asemejó a una súbita lluvia metálica.

—¡Dos! —La animada composición electropop era como un chiste funesto, un marcado contraste con el macabro aliento de muerte de los calibre .357.

—¡Tres! —El vello se hizo agujas

....¡Clic!.......
.....¡Clic!.......¡Clic!...........¡Clic!........¡Clic!.......................
¡Clic!..

Las exclamaciones de decepción de abajo y algún que otro improperio se fundieron con los suspiros de alivio de arriba. Todos ellos reaccionaban de alguna forma tras sobrevivir: murmuraban, lloraban, sufrían nauseas, se orinaban, etc.; pero Mildred Greaves no. Aquella vieja demente solo estaba, sin más. Permanecía inalterable, embelesada, como víctima de un hechizo profundo que la mantenía ajena a aquel oscuro microcosmos, extraña a todo aquello más allá de su epidermis.

Miroslav, tras controlar otra arcada, se giró para contemplarla. Por más que la observara con detenimiento, no veía en ella atisbo alguno de respuesta a estímulos externos y, sin embargo, una y otra vez, cumplía los anuncios de Xenon con los pasos pertinentes: apuntaba, amartillaba... y disparaba; aunque, con todo y con eso, no parecía el tipo de persona que tuviera un plan, ni siquiera un objetivo.

—¿Qué, soldado? ¿Sorprendido? Yo tampoco entiendo como sigue en pie —comenzó a decir Keamy, dejando caer su cabeza en el hombro de la vieja—. Pero no te preocupes, después de la abuela... —besó su arrugada frente— irás tú, nietecito. No sufras.
Kuzanovic negó con una mueca:

—Entiendo que esta es la manera que tienes de regular tus nervios y no mearte encima, pero no me gustan los charlatanes. Así que calla la boca, chapero corporativo.

Sean Keamy se apuró a responder airado, pero se encontró con la espalda y el desinterés del croata. Para Miroslav, indiferente al murmullo del rubio, era mucho más importante seguir observando y analizando aquella jauría: su jerarquía, los entresijos de sus relaciones, a quiénes de ellos vigilaban cada uno de los monocolores del círculo, cómo aprovecharse de algún error... Cualquier cosa útil. Quizá con tiempo, pensaba. El problema es que eso era lo que escaseaba. En cualquier momento aquella abuela zombi acabaría volándole los sesos, y la probabilidad aumentaba a cada ronda (ahora debía rondar el 20 %), pero bajaría (a un saludable 12,5 %) si aquel bocazas acabara con la anciana. Aunque, puestos a morir, preferiría no caer a manos de un infecto miembro de la corporación, parte indirecta pero responsable, de aquello en lo que se había convertido el país, la vieja Europa y el mundo en general: un sumidero.

8. OJOS Y VOCES

Estación del placer de Camden, 23 de marzo de 2051
(época postnube)
01:15 h GMT

La voz del megáfono interrumpió sus pensamientos:
«Damas y caballeros, pueden ir preparando sus apuestas. El procedimiento seguirá siendo el mismo. Esperamos más acción para su satisfacción en la siguiente ronda. Gracias».

El grupo de asistentes salió para hacer la revisión de rutina. Momento que Naranja aprovechó para volver a distenderse pintando de rojo espeso el agua de la cubeta, arrastrándola absorto entre pasada y pasada.
Xenon resopló ostensiblemente y llamó a Blanco

con dos dedos.

—¿Sí, jefe? —preguntó Blanco desviando la mirada, lo veía venir.

—A partir de ahora tú serás el friegasangres, solo tras cada muerto y para limpiar en grueso. ¿Ok? —el viejo se puso serio.

—¡No jodas, Mick! ¡No es culpa mía!

—No es por hacer el chiste fácil, Max, pero... es sangre de tu sangre. ¡Tch! —chasqueó la lengua—. Y yo no pienso tragar más mierda —miró de reojo a la primera fila—, así que ya sabes... dale las gracias al imbécil de tu hermano.

—¡Bien, bien!... de acuerdo —se dio la vuelta—, usted manda, don señor Xenon... ¡Tercero!

Michael Kast tragó saliva, miró la ruleta y deseó que hasta el último de aquellos perdidos de suburbio estuvieran ya en bolsas negras: troceados y camino de cualquier agujero o incineradora. Le consolaba pensar que, de todos modos, en ningún caso tendrían un final mejor. Llegado ese punto ya habría terminado su trabajo; podría deshacerse de las lentejuelas, de las gafas sin cristales (¡cómo las odiaba!) y, sobre todo, de aquel viejo histriónico que, martes sí, martes también, le tocaba interpretar. Podría volver a su casa vigilada de extrarradio, a su música, a sus pinceles y a sus viejas fotos digitales.

Mientras los hermanos Cox rememoraban pequeñas rencillas familiares en el centro del círculo, el sonido acompasado y armonioso de la guitarra de Paco de Lucía comenzó a deslizarse por megafonía con *Entre dos aguas*.

Acababa de empezar la cuarta ronda.

Xenon retrasó la cuenta atrás hasta comprobar,

mutado en hipérbole de ceño fruncido, cómo Naranja se posicionaba donde le correspondía. Tras ello alzó su brazo.

Miroslav focalizó su atención en lo que importaba: el ahora. Desapareció el sudor de su espalda, el rostro de Kane (justo delante), los enchaquetados (justo detrás) y el olor a sangre. Ya solo existían el gatillo y los monocolores.

—¡Preparados! —abrió bien los ojos. Cada uno de aquellos tipos (Rojo, Naranja, Verde y Blanco) ocupaba uno de los puntos cardinales.

—¡Uno! —el exmilitar logró argüir, por descarte, que Verde (a sus espaldas) seguía tanto sus movimientos, como los de la vieja Mildred.

—¡Dos! —Aquella melodía onírica se convirtió en el hilo musical de sus rezos, de sus súplicas internas para no morir aún, por un poco más de tiempo para pensar.

—¡Tres! —Punteos de exquisita guitarra española dibujaron de belleza el ruido gris, negro y rojo que las armas escupieron, una vez más.

....¡Clic!...........
....¡Clic!...
....¡Clic! ....
....¡Clic!.................... ¡Clic!..............
....

Ninguno cayó.

El público se lamentó por no poder rematar con sesos los acordes del maestro gitano de Algeciras.

—¡Menudo desperdicio! —exclamó un tipo de celeste con voz grave.

Miroslav inspiró, espiró, inspiró y volvió a espirar... y a sentir el sudor, la caricia del cañón sobre su piel, la jauría tras de sí y el hedor nauseabundo a sangre y lejía. Ya de vuelta, sin las urgencias del momento y algo más despejado, echó algo en falta. Juraría no haber escuchado ese sonido liberador, ese «clic», ese martilleo en su temporal izquierdo capaz de relajar todos sus esfínteres, incluso contra su voluntad. Se habría dado cuenta, estaba seguro: no lo había oído.

Segundos después, atisbó por el rabillo del ojo cómo Verde se acercaba a su espalda. Pero no lo buscaba a él. El monocolor se detuvo a la altura de la vieja, le arrebató el Magnum, lo inspeccionó y alzó la mano mirando al presentador.

—¡Paso tres incumplido! —voceó—. ¡No ha habido detonación!

Ambas teorías del croata quedaron confirmadas: la omisión de la anciana y la función de Verde en las rondas.

—¡Bueno, bueno, bueno! ¿Qué les parece, damas y caballeros? —Xenon anduvo hacia el borde del entablado—. ¡Tenemos una infracción de nuestro sacrosanto código! Y me pregunto... ¿Qué le parece eso a nuestro respetable?

Extendió el micrófono hacia el público.

Hechas cientos por el eco, quizá miles en la mente de los participantes, decenas de condenas de muerte resonaron en el recinto abovedado.

Miroslav se topó con el semblante difunto de la condenada. Pero, aunque su rostro presentaba la tonalidad y la rigidez de la pizarra, el contorno de sus ojos, afectados por el Fo169 (en forma de erupciones) era el marco de una mirada profunda y agitada, una suerte de movimientos desconcertantes y angustiosos, acompañados de un pestañeo en incremento exponencial. Aun así, la octogenaria permanecía tiesa como una cariátide; ni siquiera la tela de paño de su vestido prenube, tan yerto como ella, oscilaba lo más mínimo.

Verde la aferró del brazo y el parpadeo aumentó en paralelo a la convulsión ocular: izquierda, derecha, arriba, derecha, izquierda, abajo, derecha, arriba, derecha, abajo, arriba, izquierda, abajo, derecha...

El altavoz resonó y la orgía desatada por sus músculos extraoculares cesó:

«Damas y caballeros. Como bien saben, la sentencia por el incumplimiento de cualquiera de nuestras normas, en este caso no disparar el revólver, es la muerte. A continuación pondremos a subasta la vida de la competidora número cinco, Mildred Greaves. También cabe añadir que, para cumplir estrictamente con nuestro protocolo, se procederá a la detonación del arma reglamentaria de la susodicha participante al aire. Gracias».

Verde orientó el arma hacia arriba y apretó el gatillo.

(¡Clic!) El .357 reveló la ausencia de proyectil. Después de todo parecía que la omisión por parte de la anciana no había sido relevante, excepto para ella.

Mientras Naranja se afanaba en desentramar a la decrépita Mildred del complejo de cadenas, Miroslav se volvió a cruzar con la mirada de la anciana, pero esta vez transmitía una certeza oscura e inapelable. Su expresión era serena, de aceptación; se podría decir que incluso impávida; y observando la dignidad de aquella vieja enferma, sordo a los bramidos en forma de pujas que profería la jauría, estalló. Tras haber controlado largo tiempo la voz de sus vísceras, nada pudo hacer para contener los gritos de sus ojos. Lloró, con rabia, apretando la empuñadura de acero del Magnum, consciente de no poder hacer nada aún. Era tarde para ella.

Al verlo, Sean Keamy hizo amago de sorna. Pero, al sentir la mirada de Kuzanovic traspasándole, cerró su hocico justo antes de ladrar. El croata permaneció largos segundos más advirtiéndole sin palabras: con el rostro ungido en ira y la tensión de sus músculos como mudos portavoces de su cólera. El excorporativo, pragmático y fiel a sí mismo, optó por escurrir el bulto y evitar el enfrentamiento. A fin de cuentas, Kuzanovic no era quien encañonaba su nuca ronda tras ronda.

La subasta aún estaba cogiendo forma:

—*¡Deux mille crédits!* —pronunció un orondo francés de indumentaria gris perla.

—¡3 000 por la vieja! —intervino una dama de ojos saltones, agitando sus mangas de un terciopelo rojo sangre.

—¿No te animas? —preguntó Edward Redferne a su hermano.

—Pérdida de principios y dinero, todo en uno, hermanito —repuso Monthy—. No me interesa.

—El dinero nos sobra, y los principios... —señaló el escenario— diría que aquí... están de más. ¿No crees?

El mayor de los Redferne se inclinó levemente y levantó un índice:

—¡Primero! ¡Tanto el dinero como el poder nunca sobran! ¡Y segundo! —alzó el pulgar— Tengo mis principios. ¡Claro que sí! ¡Todos los tenemos! Pero en caso de perderlos prefiero no ensuciarme las manos.

Edward asintió esquivo.

—Lo peor de todo es que... mientras te dediques en exclusiva a dilapidar nuestro capital en putas y fiestas —le indicó el escenario con la mirada y ladeando la cabeza—, no invertirás tiempo alguno en incrementarlo, cosa que yo sí hago a diario. Y tampoco aprenderás lo suficiente como para que departamos en igualdad de condiciones.

Edward Redferne decidió dar la espalda al rapapolvo revolviéndose en su asiento como quien se acomoda uno de esos jerséis de lana *vintage* que pican como el infierno.

—¡Tch! Muy bien, hermanito. Tampoco esperaba mucho más de ti; todo lo solucionas igual.

Edward negó varias veces con la cabeza, añadiendo resoplos y suspiros al airado vaivén de testuz. Entretanto, el valor de la carne a subasta se había disparado hasta los 20 000 créditos.

—¡Venga, hermanito! ¡Corre! ¡Que te dejan sin jugar! —dijo Monthy, acompañando la soflama de una serie de insidias en forma de golpecitos: en muslo, costado y brazo—. ¿Eh? ¿No levantas la manita? ¡Venga...! ¡Alza la patita! ¿No? ¡Venga va, si nos sobra el dinero!

—¡Pues... puede que lo haga! —refunfuñó el menor de los Redferne.

—Yo te diré lo que vas a hacer, Ed... ¡Nada! Como

aquella vez con aquel Airedale Terrier con Xvi81. ¿Te acuerdas, Ed? ¿O ya te has olvidado?

—¡Oh, vamos! ¡Eso es un golpe bajo, cabrón!

La voz de Monthy Redferne adoptó, por un momento, un cariz más neutro y alejado de su sorna habitual:

—Eso es una realidad, y lo sabes. Ese bicho deforme estaba realmente jodido, pero claro... al señor le parecía gracioso cómo se veía.

Edward calló y desvió la mirada al escenario. Su pie derecho, cruzado ahora sobre el izquierdo, parecía haberse propuesto separarse del cuerpo a base de sacudidas.

—¡60 000! —Se irguió y sentenció un hombre embutido en un frac magenta para, acto seguido, mirar alrededor en busca de oposición. Nadie le tosió.

Edward Redferne, atento al devenir de la subasta, levantó la mirada cual avestruz, escudriñando las reacciones de los demás presentes a la espera de que alguien aceptara el desafío que aquel tipo había lanzado.

—¡60 000 a la una! —No aparecía rival.

Ajeno a la falta de interés de su hermano, Monthy continuaba la perorata:

—Y, claro, ante tu habitual inoperancia y falta de iniciativa, fui yo quien tuvo que actuar —calló unos segundos y continuó—: pero no me pienso volver a manchar las manos por ti, hermanito. ¿Entiendes?

—¡60 000 a las dos!

—¡Pff! ¡Lloraba mucho y no me dejaba dormir! —dijo Edward, añadiendo a sus palabras un ademán impregnado de hastío (uno de esos en los que el desinterés fluye desde el meñique hasta el pulgar).

—¡Fue tu puto capricho, no el mío! ¡Tuyo el capricho, tuya la responsabilidad!

—¡200 000! —Tanto la cifra, como la autoría de la puja (fue el anfitrión del enmascarado quien había alzado la mano), instauraron en el recinto un mutismo de una pureza absoluta. Por un momento, incluso las cadenas de los participantes parecieron respetar ese temporal pacto de silencio; hasta que, segundos después y mientras el tipo del frac hacía lo posible por desaparecer en su butaca, el rumor acostumbrado no solo fue recuperando de manera inexorable su lugar, si no que, además, terminó por transformarse en alboroto.

—¿Has oído eso, Monthy? ¡Joder, 200 000 créditos! ¡Vaya tío!

—Sí, Ed... sí... En fin, da igual... —el mayor de los Redferne se giró y, ajeno al revuelo general, solicitó una copa de Maestre Mccormick, un excelente *bourbon*.

—¡200 000 a la una! —comenzó a contar Xenon.

—¡200 000 a las dos!

—¡Y 200 000... a las tres! ¡Adjudicado! Damas y caballeros la v...

Una ovación cerrada acalló la voz del presentador durante unos segundos...

—Bien, bien... ¡Por favor, caballeros! ¡Continuemos! —carraspeó y, recuperando el tono ceremonioso, prosiguió—: Damas y caballeros, la vida de la participante número cinco, Mildred Greaves, queda finalmente a disposición de nuestro respetado jefe de sala, el distinguido Bertrand Beaviour que...

Xenon paró en seco al ver como el aludido agitaba la mano en señal de negativa y, poco después, cambiaba el gesto por otro, indicándole que se acercara.

—Disculpen, pero el señor Beaviour quiere decirnos algo...

Se aproximó hasta el borde del escenario y, encaramado sobre el polímero de kevlar, escuchó atentamente lo que el jefe de sala quería decirle. Tras asentir una docena de veces, y sin mediar palabra alguna, se giró y volvió a su posición para continuar con su trabajo:

—¡Respetado público! ¡Tenemos algo que aclararles! El señor Bertrand Beaviour me ha transmitido que la puja realizada no ha sido en su nombre, sino que, en un gesto de deferencia con su invitado (Míster Morbo) ha pujado por él. Así pues, tanto la cartera que sufragará el gasto, como el consiguiente disfrute de la adquisición, serán de y para nuestro invitado ¡Míster Morbo!

Aclarada la situación, nuevas ráfagas de aplausos premiaron el enorme despliegue de poder que había hecho el invitado de honor al desembolsar semejante cuantía de dinero por una única vida. Este tipo de gestos ayudaban a incrementar la calidad de los juegos, y los asiduos, sabedores de ello, lo valoraban como era debido.

—¡Por favor, por favor! ¿Podrían... guardar silencio? ¡Caballeros... damas...! —el ruego pareció surtir efecto—. ¿No están deseando saber lo que nuestro distinguido invitado quiere hacer con su producto?

Xenon Tercero, mostrando una de sus más amplias y ensayadas sonrisas, tendió desde el entarimado una de sus manos hacia el hombre del hábito y la máscara.

Míster Morbo, en respuesta, habló al oído de su anfitrión, el cual asintió y, sonriendo, dejó escapar un audible «por supuesto».

Bertrand Beaviour apremió con la mano a un chico semidesnudo (tanga y muñequeras) que servía en la primera fila. El joven mulato se acercó y dobló el espinazo ante el requerimiento de su superior que, tras susurrarle algo, le dio un cachetazo en las nalgas. Aquello funcionó a modo de disparador, algo así como un «preparados, listos, ya», que hizo que el mestizo emprendiera una carrera a trompicones en la que, a duras penas (golpe aquí, tropiezo allá), consiguió esquivar a todas las personalidades que disfrutaban del evento en las localidades más codiciadas. Los vips, a pesar de no ahorrar en gestos que denotaran su descontento, hicieron lo mismo que el resto de presentes: seguir con atención el recorrido de aquella ruidosa estela adolescente. Instantes después de entrar en una habitación contigua, volvió con un objeto en la mano; algo difuso que no quedó definido hasta que, jadeante y tembloroso, logró personarse ante el señor Beaviour. Tan solo era un micrófono y, a tenor de algunos comentarios del público, también una pequeña decepción. El jefe de sala mostró al chico una antigüedad de oro blanco que lucía en su muñeca derecha, un auténtico Patek Philippe, y aseveró, no sin cierto regodeo:

—Treinta segundos, record personal —Tras lo que cogió el micro y terminó de despachar al chico con otra impúdica palmadita—. No te vayas muy lejos, cuando termine la sesión querré lo de siempre —dijo, ya a sus espaldas.

Un pitido reverberó desde los altavoces; el micro había sido encendido. Bertrand Beaviour se puso de pie y se giró, dirigiéndose a la clientela:

—Buenas noches. Intentaré ser breve pero sin caer en la parquedad. Los habituales bien saben que no suelo prodigarme en estos menesteres. Mi labor no es tanto mediar como dirigir, pero en este caso debo hacer una excepción ante tan distinguida presencia. Mi invitado no solo quiere hablarles, de hecho, insiste. Pero quiere que sea desde el escenario y justo antes de hacer uso de su, más que bien pagado, derecho a ejecución. Desea compartir con todos ustedes lo que ha acertado a transmitirme como «un pequeño consejo vital aplicable a todos los ámbitos de la vida». Eso es todo lo que tenía que decirles antes de que subamos y él tome la palabra. Muchas gracias y recuerden, somos la evolución. —Miró hacia atrás e hizo una señal a Xenon.

Los aplausos fueron tímidos pero bien repartidos por toda la estancia.

El presentador, metiéndose en su papel, volvió a erigirse como la voz de referencia:

—¿Qué les parece, señores? ¿Está siendo, o no, una velada completa? ¡Todo sorpresas, caballeros, todo sorpresas! —hizo un gesto histriónico hacia abajo y continuó—: ¡Suban, señores! ¡Acompáñenme! ¡Su público les espera!

Los dos peces gordos asintieron, se levantaron y desfilaron con flema mientras intercambiaban impresiones de camino a la escalera; recorrido en el que hasta el más pudiente de aquellos privilegiados encogió las piernas al paso de la pareja.

Phillip Kane desincrustó sus ojos de Beaviour y Morbo, buscando contactar con Miroslav. Aunque, al contrario que él, el croata seguía observándolos, dibujando en su mente lo que había más allá de la careta y el hábito, de la chaqueta y el reloj de oro: dos llaves, dos enormes llaves con patas y envoltorio de lujo que, además, andaban hacia ellos. Cuando Kane, acuciado por la posibilidad de generar suspicacias, iba a desistir, fue el exsoldado el que tosió, logrando captar su atención por un breve espacio de tiempo. Kane supo entonces que estaban de acuerdo, no tanto por el movimiento de cabeza casi imperceptible de Miroslav, como por el mensaje que, casi escarificado, podía leerse con claridad en la dilatación de sus pupilas: «¡Ahora!».

Ambos apretaron con fuerza la empuñadura de su arma y esperaron. Pero, cuando el influyente par iba a doblar el muro de polímero de kevlar, Blanco se acercó a hablar con el presentador y le apremió a que los detuviese.

Xenon, convertido en aspaviento, encadenó una serie de ruegos atropellados:

—¡Esperen! ¡Mmm... No! ¡Paren! ¡Por favor, caballeros!

El jefe de sala frunció el ceño e interpuso el brazo al paso de su ilustre invitado. Este, encogido de hombros y con los ojos parapetados tras el ébano de su máscara, le clavó un interrogante desde su rostro de búho. Beaviour se cruzó de brazos y miró hacia arriba, convirtiendo al sexagenario de las lentejuelas en víctima de su mirada.

El presentador manoseó la pajarita, se pegó bien las gafas al entrecejo, e intentó ordenar su discurso:

—¡Señores! Como pensamos en todo y nos debemos a ustedes, vamos a proceder primero a habilitar la zona de ejecución como prevención ante posibles riesgos ¡Recuerden! ¡Es una más de nuestras funciones, velar por su seguridad! ¡Gracias!

Míster Morbo dio un paso atrás, gesto secundado al momento por su anfitrión. Entretanto, Blanco, como parte del plan de contingencia, ya había comenzado a poner al tanto a sus subalternos; debían arrinconar y mantener vigilados a los participantes en una de las esquinas del escenario.

Kane, alarmado y con los ojos como platos, se giró hacia Kuzanovic. El croata, en un subterfugio, extendió la mano bocabajo, mandando un mensaje de calma, y afianzando este con una clara negativa prendida en sus labios. Pero el número tres no parecía muy convencido con el desarrollo de la situación: el revolver zozobraba en su diestra y él no paraba de asentir, convencido de que aquello aún era posible. «No», dijo Miroslav sin más. Phillip Kane se resignó con un suspiro

—¡Dejad de hablar, basura! ¡Todos a esa esquina! —les espetó Naranja—. ¡Y cuidadito con lo que intentáis! ¡Que lo mismo me alegráis el día!

Al parecer, los monocolores ya habían terminado de recibir las instrucciones por parte de su lugarteniente. Naranja, Rojo y Verde se encargaron de agrupar a los cinco encadenados, hacinarlos en una de las esquinas y requisar temporalmente sus revólveres. El entrópico repiqueteo de las cadenas hacía las veces de banda sonora del breve destierro. Mientras tanto, Blanco esperaba en el centro, flanqueando a la decrépita señora Greaves y aguardando hasta poder dar su visto bueno.

Cuando todo le pareció correcto, avisó a Xenon, y este dio el OK a la subida.

—¡Ya está todo dispuesto, caballeros! ¿Qué tendrá que contarnos nuestra ilustre visita? ¿Qué pensará hacer Míster Morbo con nuestra entrañable ancianita?

Los dos hombres subieron las escaleras hasta llegar a la altura de Xenon que, extendiendo el micro, cedió todo el protagonismo al hombre oculto bajo aquel entramado de simbología, terciopelo y silencios. Morbo liberó de la sotana una mano cenicienta, condenando al micrófono a una presa de cinco uñas negras; se dio la vuelta y se dirigió hacia una mesita portátil, donde una selección de herramientas de tortura le aguardaba. La curiosidad mantenía sellada la boca de la concurrencia. De entre látigos, papel de lija, sopletes y un largo etcétera, no dudó en hacer suya una recortada de dos cañones. Cuando se giró con ella, se escucharon no pocos comentarios de aprobación. Volvió a situarse al lado de Xenon Tercero, y habló:

—Ustedes son superiores. Siéntanse superiores, manifiéstense como tales. Sean directos, sin rodeos, sin adornos; no los necesitan —sus palabras se deslizaron por el micrófono como una cuchilla, arrastrándose por el altavoz hasta socavar, casi sajar, las entrañas y el ánimo de los presentes. No tanto por su significado, sino por esa voz, por esa sucesión de eses arrastradas, de timbre cavernoso y asepsia de emoción.

—¡Pero qué coño...! —esputó Phillip Kane.

Miroslav se vio reflejado en los rostros trémulos de sus compañeros de destino. En cada uno de ellos pudo distinguir, suscitada por aquella voz, una misma e incómoda incógnita; y es que nunca había oído una voz así, nunca proveniente de un hombre. Oteó hacia la zona de butacas para comprobar si eran los únicos a los que había inquietado aquella cadencia sibilina. Pero incluso la acomodada caterva de potentados, nobles, y mandamases de corporación allí reunida había enmudecido; sus semblantes demudados contrastaban ahora con el negro del cuero de sus asientos. Tan solo algunos rumores aislados violaban el silencio que sucedió a la intervención del desconocido.

Míster Morbo sacudió la recortada, alimentándola de munición y congestionando la estancia con el eco de su sonido, un seco y característico «clac». Justo después se dirigió hacia la vieja que, a pesar de permanecer enhiesta, rumiaba el aire compulsivamente con la lengua fuera de la boca, compaginando arcadas con las idas y venidas del ajado apéndice. Blanco desapareció de la ecuación y dejó plantada a la anciana ante el metro noventa de su verdugo. Morbo tomó la distancia justa entre ambos, la comprendida desde la culata hasta los cañones, apretados estos contra la barriga de la condenada. Mildred Greaves, controlando sus accesos de vómito y con el frío del metal hurgando la boca de su estómago, alzó la vista, y, con los ojos fijos en él, casi fuera de sus orbitas, comenzó a ulular. La imitación rayaba la perfección, de tal manera que la atención de los presentes se vio desviada hacia la desgarbada y enferma señora Greaves. Incluso la escopeta pareció bailar por unos momentos en las zarpas de su ejecutor; aunque Morbo terminó retomando el control del arma y se acercó al oído de su víctima.

—Le ha dicho algo —dijo Kane

—¡Calla, morenito! —replicó Naranja sin perder de vista la escena.

Mientras que una gran parte tenía sus ojos puestos en el centro del escenario, Miroslav se concentraba en observar las reacciones de sus captores: Blanco era de piedra, Naranja parecía disfrutar, Verde bostezaba y Rojo miraba al suelo.

El invitado de honor volvió a tomar distancia, utilizando de nuevo la recortada como medida y dejándola reposar de nuevo sobre la panza de la mujer. Cuando todo el mundo esperaba el disparo, el rictus de la vieja volvió a contraerse y, con una expresión animal, emitió un alarido angustioso que sobresaltó a más de uno. Morbo contó en alto y con pausa: «uno», «dos», «tres»... y en «cuatro», justo cuando el grito entraba en decadencia, apretó el gatillo. El estruendo inundó todo, donde todo fue cada punto de aquel lugar (vivo o muerto). El plomo se abrió paso como si fuera una tuneladora a través de las tripas de la mujer e hizo volar el cuerpo como un *dummie* de pruebas: quebrado, antinatural, inerte y con tanta fuerza que salió de los lindes del entarimado. La lluvia horizontal, de carne y sangre, alcanzó cada punto del escenario, sin dejar a nadie libre de su roja marca.

Con el eco de la detonación aún extinguiéndose, Míster Morbo se dio la vuelta y alargó la dos cañones a Xenon Tercero que, apurado, la aferró como pudo junto a los micrófonos que le había tocado sujetar. Tras aligerar peso y siempre flanqueado por Bertrand Beaviour, Morbo bajó con parsimonia hasta su asiento.

Los tacaños brazos del presentador no daban de sí como para hacer acopio de tanta cosa. Pero había algo que le preocupaba más que su falta de envergadura; la mayoría de aquellos corporativos no habían reaccionado aún, hasta tal punto que no era capaz de intuir si aguardaban expectantes o simplemente permanecían ausentes, si no aturdidos. Lo cierto es que, cuando la última reverberación dejó de hacer su trabajo, no quedó nada, tan solo el sonido de las pisadas de Morbo reptando hacia su localidad.

Unos fuertes aplausos, procedentes del fondo del escenario, serraron el silencio como si fuera una tablilla de ocume. Blanco se asemejaba mucho a uno de esos extintos gorilas, batía sus brazos hasta hacer coincidir las palmas de sus manos en el mismo lugar y al mismo tiempo. La inercia y el convenio social hicieron el resto, convirtiendo un eterno silencio de pocos segundos en una ovación cerrada. Xenon, aliviado, aprovechó para soltar lastre sin dejar de mirar la cara de Tiempo. Logró ver cómo sus músculos faciales, aún por estrenar, lucían estirados en lo que podría decirse que era un atisbo de sonrisa; incluso el gris de sus ojos parecía brillar. Le había llevado más de seis meses de trabajo observar algún tipo de sentimiento en el monocolor, y juraría que era admiración lo que profesaba por aquel monstruo en sotana. De repente, volvió a la urgencia de estar de vuelta con sus cuadros. «Sesenta y cuatro son muchos años para esto», pensó.

«La ejecución ha terminado. Esperamos desde la dirección que nuestros usuarios hayan quedado tan satisfechos como el ganador. Muchas gracias. El *show* continúa» —anunció la megafonía.

Poco después, unos cuantos operarios acometieron las labores de limpieza con cubo y bayeta. Lapso que los cuatro monocolores dedicaron a devolver el protagonismo a los supervivientes, restaurando sus posiciones originales.

Durante todo ese intervalo, el croata puso de nuevo su atención en lo que ocurría alrededor («detalles, detalles, detalles», se dijo a sí mismo). Y es que, aunque había pasado una vida desde su instrucción, aún podía oír al puto culo duro de Laszlo Tomic sermoneándolo una y otra vez (y tenía razón el cabrón, mucha razón). Le resultaba revelador que, a pesar de la lluvia de aplausos y aquella aparente normalización, ya no se escuchara esa charla animada que, en mayor o menor medida, procedía de la zona de butacas. La había sustituido un rumor tímido y receloso de ser oído; un cuchicheo de miradas precavidas que tenían como objetivo la figura imponente del invitado de honor. Quizá todo aquello resultara ser trivial y no sirviera de nada («hasta los excrementos tienen utilidad», esputó el sargento Tomic en su sesera), pero hasta entonces debería coger todo lo que le daban, que no iba a ser mucho.

—¿Qué observas tan fijamente, soldadito? ¡Nadie ahí abajo va a librarte de que te vuele la cabeza! —dijo Keamy a su espalda.

El número cuatro no respondió.

—Te dije que primero iba la vieja y después tú. ¿La mierda de las orejas te impide oír o qué?

Miroslav, sin concederle el cara a cara, contestó:
—Creo que no has entendido aún de qué va esto; va de que no te maten... y... ¿sabes? —hizo una pausa para asegurarse su atención— lo único importante es cuánto lleva sin cargarse a nadie quien sea que tengas detrás tuya.

—¿Y qué?

—¿En serio? Pensaba que estos hijos de puta tenían cierto criterio para elegir a los suyos, aunque ahora entiendo por qué estás aquí y no ahí sentado.

—¡No te pases de listo, escoria sin techo!

—¿O qué? ¿Vas a echarme encima alguno de tus amiguitos? —Kuzanovic no recordaba haberse reído desde que despertó, hasta ese momento— ¿Sigo o no?

—¡Callaos! ¿O queréis seguir lo que os quede sin dientes? —intervino Naranja, que tenía que ajustar todavía algún tramo de cadena.

—¡Bah! ¡Déjalos, Terry! —dijo Verde—. A nadie le importa que hablen o no, lo único que importa es que aprieten el gatillo cuando les toque.

—¡Si tú lo dices...! A mí realmente me da igual —terminó el trabajo y se largó, no sin añadir—: Y ahora que les decimos que pueden rajar, se callan ¡Jodidos imbéciles!

Cuando Verde y Naranja se fueron a sus puestos, Keamy llamó la atención de Kuzanovic:

—¡Ts! ¡Eh! ¿Vas a seguir, o era una gilipollez de mendigo?

—Verás... —retomó Kuzanovic—. Tienes las mismas probabilidades que yo de estar muerto en unos minutos, 25 %. Tanto la chica a tu espalda como tú, no habéis detonado aún el arma. Pasadas cuatro rondas el tambor sigue teniendo una bala ¿A ti qué te dice eso, eh? ¿Ya no hablas? Todavía queda lo mejor...

—¿A qué te refieres...?

—Usa las matemáticas... Yo tampoco he disparado aún, por lo tanto él... —señaló a Kane con el índice— también está en 25 %, el gigantón igual, 25 %. Sin embargo, la chica, la misma que tienes ahí, tiene poco más de 15 %

—¿Cómo?

—¿No recuerdas el tiro al aire que dio el S.N.? Nueva bala, nuevo porcentaje —Se giró buscando la mirada del rubio—. Así que, chico... por el último por el que apostaría sería por ti. Y si encima tienes razón y me vuelas los sesos, iría *all-in* al tipo que tengo delante —volvió a señalar a Kane.

Keamy mandó sus ojos arriba, «señal inequívoca de que estaba haciendo sus cálculos», pensó Kuzanovic. Instantes después, volvió del mundo de los números y se topó con una media sonrisa del croata quien, dándole la espalda, dio por cerrada la conversación.

8. 7. 6...

9. ROJO

Calle Fitzroy, Camden, Gran Londres, 23 de febrero de 2051 (época posthube)
11:27 h GMT

Cuando llegó al 2°-3 del 34 de la calle Fitzroy, tocó el timbre y pegó la cabeza a la madera. Por más que apretujaba la oreja solo lograba escuchar una versión amortiguada de la estridente voz de Vivi-vi, la última estrella animada de la cadena Ndimension. Repitió el proceso un par de veces más, pero no hubo respuesta. Finalmente, sacó las llaves y abrió.

Dejó en la entrada la enorme bolsa que traía y se dirigió hacia el salón. Al entrar, contempló cómo al chirrido de Vivi-vi se sumaba una orgía de colores procedente de la ancestral pantalla de plasma que presidía la estancia. En el sofá, un joven con síndrome de Down seguía absorto las luminosas aventuras de aquel tubo catódico viviente.

—¡No me has abierto, Micky!

—Mmm... no-no po-podía abrirte. Me dijiste que no-no a-bri-briera a nadie —respondió el chico sin girar la cabeza.

Emmet sonrió, se acercó tras el sofá y le besó la coronilla.

—¡Bien hecho, Micky! ¿No vas a darme un abrazo?

Micky se volvió y, sin deshacer una sincera sonrisa de labios apretados, recorrió todo el largo del sofá hasta hacer una amplia presa de brazos cortos a su hermano. Emmet se deshizo del abrazo con una serie de estratégicas cosquillas, a lo que Micky respondió refunfuñando:

—¡Si-siempre igual!

—¡Venga, anda, no te enfades! Levanta un poco la persiana para que entre el aire y apaga eso. Voy un momento a mi cuarto y vamos a comprar. ¿Vale?

—Vavale, Emmmet.

Emmet Maclachlan fue a la entrada, recogió la bolsa y se metió en su cuarto. Entornó la puerta y puso el contenido del paquete sobre la colcha de su cama: un traje caro con su respectiva camisa y zapatos (todo liso y con el mismo tono de rojo), una Desert Eagle con identificador de huella y munición como para llenar una bañera.

—¡Emmmet! ¿Nos va-vamos? ¡Ya esttoy!

—¡Un momento!

Cogió el arma y, tras tantearla y cargarla, la dejó en el altillo del armario. Cuando se acercó a la puerta pudo observar a su hermano en el pasillo, esperándole. Al verlo allí confiado, contento e ingenuo le vino a la mente lo último que le dijo al tipo que le había contratado: «lo que haga falta».

10. BA-LA

Estación del placer de Camden, 23 de marzo de 2051 (época postnube)
01:32 h GMT

«Damas y caballeros, tras cuatro excitantes rondas y esta pequeña pausa, nos complace anunciar que en breves minutos dará comienzo el quinto envite de nuestra apasionante competición. Así que, ya saben, aprémiense a hacer sus apuestas. Recuerden también que nuestros operarios del placer acudirán diligentemente a gestionar todas sus peticiones. Somos la evolución».

El final del comunicado dio paso al inicio suave, casi volátil, de *Hunter*, uno de los mejores temas de la artista islandesa prenube Björk.

Los últimos rezagados se apresuraron a hacer sus apuestas: a superviviente, muerte, ganador o a cualquier otro aspecto cuantificable del juego. Entretanto, las lolitas y efebos de ocasión disponían la ruleta como si de una coreografía en mudo movimiento se tratara, atendiendo a la liturgia que el juego requería: alineando nucas, cañones y sienes en una única figura de carne, metal y hueso.

Xenon restregó el sudor de su frente con su pañuelo ya empapado y se llevó el pesado micrófono a la boca. Una hora más y a casa, se volvió a repetir.

—¿Preparados? —volvió a enfundarse el traje de presentador.

Keamy, empleando su revólver como una aldaba, dio dos molestos aunque inocuos golpecitos en el temporal izquierdo de Miroslav.

—¡Allá vamos! — musitó.

Kuzanovic no respondió

—¡Silencio! —exigió el *showman*.

El ritmo sincopado del trip hop de Björk y su voz de tres octavas se adueñaron del eterno recuento de uno a tres del presentador. Tan solo algún tintineo ocasional se atrevía a perturbar aquel éter sonoro.

—¡Uno! —*you could smell it, so you left me on my own...*

—¡Dos! —*to complete the mission, now i´m leaving it all behind...*

—¡Tres! —*i´m going hunting, i´m the hunter...*

....................................¡Clic!...............¡Clic!...............
.......................¡Clic!...........¡Clic!................................
¡Cloc!¡Cloc! ¡Cloc!...

—¿Pero qué coño pasa? —bramó Keamy, sin dejar

de tirar compulsivamente del gatillo—. ¡Cloc! ¡Cloc! ¡Cloc! —el Magnum, encasquillado, escupía pero no llegaba a vomitar.

Miroslav se agachó tan rápido como pudo; aun así, el excorporativo, obcecado tras la mirilla del cañón, no cejaba en su empeño. Veinte latidos a vida o muerte y tres zancadas después, irrumpió Verde que, fiel a sí mismo y de manera expeditiva, barrió a Keamy de una patada. El costalazo sobre la tarima fue brutal, tanto que su cuerpo rebotó como si estuviera hecho de una especie de goma pesada. Ya en el suelo se abalanzó sobre él, inmovilizándolo con una férrea presa: los brazos en la espalda, so pena de fractura, y todo el peso del monocolor concentrado en una rodilla que, como una losa, convertía la cabeza de Sean Keamy en el relleno de un compacto sándwich de madera y hueso.

Un primer instante de desconcierto general acabó engullido por una indeterminación de aplausos, abucheos y vituperios, procedentes estos últimos de aquellos que veían comprometidas algunas de sus apuestas.

Verde alzó la .357 de su cautivo y, sin dejar de mantener su cráneo contra el suelo, buscó a Xenon con la mirada:

—Disparo fallido. Revólver atascado —dijo, acompañando la información de un gesto de cejas alzadas y un encogimiento de hombros ostensible.

El presentador carraspeó preparándose para hablar.

—¡Caballeros! ¡Pero qué noche! ¡Han decidido venir el mejor día posible! Como ya han podido escuchar de boca de uno de nuestros operarios, el señor Largo, el revólver del número seis se ha encasquillado. Por lo tanto, el mismo señor Largo abrirá el tambor y nos dirá si había o no proyectil. En el caso de que no lo hubiera desharemos el entuerto sustituyendo el arma por otra con una bala mareada al azar.

—¿Y si hay? —inquirió una voz en la tercera fila.

–¡Mmm...! Bueno, ese caso no se ha dado nunca. La dirección nos diría qué hacer en tal situación, pero primero veamos si tenemos que preocuparos o no por ello ¡Señor Largo! ¿Es tan amable?

Durante breves instantes Jeff Albridge (el tipo de verde conocido como Largo) fue el hombre más envidiado de aquella estancia. Sin embargo, el monocolor abrió el tambor sin ceremonia alguna y, con aún menos interés, informó:

—Bala.

Aquellas dos sílabas consiguieron que el estómago de Miroslav Kuzanovic se descompusiera al oírlas, desde el final del esófago hasta cada uno de sus micropliegues. Sus piernas se convirtieron, en segundos, en una especie de apéndices de consistencia similar a la manteca de cerdo: temblorosas, cerca del colapso, casi ajenas a él. No obstante, aguantó el tipo; se mantuvo erguido y aparentemente entero, aunque en ese momento pareciera alguien afectado por el Vem81: reluciente por fuera y podrido por dentro.

—¡Menuda flor en el culo tiene don Kuzanovic! —gritó un tipo de la segunda fila.

—¿Y ahora qué, eh? ¿Qué hay de mi pasta?

—¡Estoy indignada! ¡Mi chico debería haberse quitado del medio a ese zarrapastroso! ¿Ahora qué?

Ante las apremiantes quejas, la dirección se vio

obligada a intervenir:

«Se hace saber a nuestra distinguida clientela que en este tipo de casos, aquellos que aún no se han terciado en ninguno de nuestros establecimientos, la solución queda siempre en mano de nuestro gestor de sala, en este caso el señor Bertrand Beaviour. También debemos dejar constancia de un aspecto importante de nuestro código normativo que dice lo siguiente: "Toda incidencia de las normas resuelta por primera vez en uno de nuestros establecimientos sentará un precedente extrapolable a cualquier situación futura, y equiparable, tanto en el establecimiento en el que ocurriese como en cualquier otro de nuestra red". Esperamos que haya quedado todo suficientemente explicado. Así que, ¿si no le importa, Señor Beaviour...?».

Antes de que el mismo Beaviour abriera tan siquiera la boca, varias voces se alzaron dejando claras sus inclinaciones. Diversas peticiones de muerte y perdón se alternaron en un conglomerado acústico que iba desde los gritos desgañitados hasta las peticiones más desapasionadas.

Tanto los monocolores como Xenon Tercero, conminaron con una mirada al único hombre con potestad en la sala para resolver semejante trance. Beaviour alzó la mano en un gesto lleno de condescendencia y se irguió con flema. Nada más levantarse, se encontró con un micro en manos del joven que un rato antes se viera forzado a esprintar como un perro callejero. Ajeno al gentío, postergó su intervención cuanto necesitó para tener un instante más de complicidad con su invitado, con quien intercambió un último comentario al oído. Finalmente, se volvió hacia el público y habló:

—Damas y caballeros, les confieso, con total since-
ridad, que esta sesión está resultando ser una de las más
exquisitas que he podido presenciar; tanto por la variedad
como por la calidad de los sucesos que están acontecien-
do. Sin duda, este punto en cuestión es toda una nove-
dad. Nunca antes, en ninguno de nuestros cuatro locales
del placer, hemos tenido que afrontar esta disyuntiva.
Por tanto, les ruego me permitan que me tome el tiempo necesario para meditar mi decisión; máxime sabiendo
que a partir de ahora será vinculante en sesiones venide-
ras. Así que, si no les importa, requeriré unos minutos.
Si me dispensan...

El jefe de sala volvió a sentarse y, tras dejar el micrófono en su regazo, sonrió a su invitado. Ambos estu-
vieron un buen rato departiendo; alternaban la charlatanería de uno con los inexpresivos asentimientos del otro.

Miroslav, mientras tanto, aprovechaba para vigilar
de reojo a los monocolores y valorar su situación. Pero,
aunque tres de ellos esperanzaban al croata (Verde estaba ocupado con Keamy; Naranja, distraído; y Rojo, ausente), el cuarto, Blanco, no le quitaba el ojo de encima.
Permanecía acechante, en su sitio habitual, como un
golem que llevara escudriñándolo desde el principio de
los tiempos; solo que este se movía, estaba armado y era
eficiente. La cosa no pintaba bien para él. Volvió su mirada hacia el polímero de kevlar. Seguía pareciéndole sor-
teable. Llegado el caso debería ser rápido de necesidad,
como un puto tren bala.

Con la espera, las proclamas de muerte se dispara-
ron, sea por la razón que fuese: interés, aburrimiento o

inercia de grupo; y Kuzanovic, conocedor del eterno eslogan «el cliente siempre lleva la razón» y sabedor de su peso, se concentró en aquel que decidiría su futuro más inmediato. Para su sorpresa, podría decirse que los ladridos de la jauría no le afectaban en absoluto, se recreaba en su conversación, desentendiéndose del griterío, incluso se detuvo a pedir una copa. Así que pasaron largos minutos hasta que Beaviour decidió transmitir su decisión y exponer sus razones; minutos que dieron de sí veinte arcadas e innumerables tomas de aire de pulmones de bebé en cuerpo de hombre.

—¡Señor Alto! —dijo Beaviour.

Verde asintió.

—Puede liberar al número seis.

El cráneo de Keamy lo agradeció.

—Póngalo en pie.

Verde tiró del aturdido Keamy hacia arriba con facilidad. Bertrand Beaviour se giró y, dirigiéndose a los presentes, continuó:

—Disculpen la tardanza y que me haya detenido a comentar mi decisión con nuestro invitado de honor. He de decirles que el señor Morbo es una persona con un criterio superlativo para dirimir este tipo de cuestiones, además de ser clave en la sustentación de nuestra red de establecimientos del placer. Así pues, se me hacía, no solo deseable, sino necesario, el poder intercambiar impresiones con él. En un principio me pregunté por qué no debería hacer lo posible por cumplir el destino que deparaba a este hombre, pero terminé pensando que ¿qué ha sido lo que ha detenido su muerte, sino el destino?. Así pues, mi decisión es la siguiente: Tanto el número cuatro como, a partir de ahora, todo aquel que sobreviva por un fallo del arma, seguirá activo en el juego. Nuestros operarios sustituirán a continuación el revólver por otro en las mismas condiciones que al inicio del juego —señaló a Verde y continuó—: señor Largo, dele al número seis uno nuevo y cargado.

Keamy, aún aturdido, alzó la voz:

—¡No es justo! ¡No lo es, ahora mis...! ¡Ugh! —un gancho de Verde, justo en el hígado, y un directo en el mentón lo dejaron sin resuello.

—¡Cállate! ¡Y levántate y coge tu jodido revólver o yo mismo te pego un tiro! —Verde resopló y lo miró con desidia.

—Mi decisión no admitirá discusión —apostilló Beaviour.

Un rumor disconforme y de crecimiento exponencial se instaló en parte del público.

—No admitirá discusión —recalcó, y continuó—: si bien... —hizo un gesto con las palmas hacia abajo, pidiendo calma— si bien, soy consciente de que, siendo este el primer caso, supone una queja legítima la que ustedes manifiestan; máxime si ello conlleva una perdida sustancial de créditos. Por lo tanto, solo por esta vez y sin que sirva de precedente, se les devolverá su dinero a todos aquellos que hayan realizado una puja a favor del número seis o en contra del número cuatro, fuera esta parcial o total.

Las quejas se convirtieron en comentarios de aprobación, zanjando así el asunto.

El apaleado número seis se incorporó como pudo y, tras recibir su nuevo revólver, se limpió la boca con la manga de la camisa, restregando en su cara el rojo que le habían pintado los golpes. Atisbó por el rabillo del ojo a la chica italiana que le mostraba su dentadura de huecos y dientes desgastados, a la par que bamboleaba su arma a dos palmos de su rostro, como el niño que enseña su piruleta al compañero de colegio que no soporta. «Un 33 %», pensó.

Se volvió y se topó con Kuzanovic, el cual abrió la boca y musitó: «12,5 %».

Sean Keamy tragó saliva.

11. ACÚFENO

Estación del placer de Camden, 23 de marzo de 2051 (época postnube)
01:45 h GMT

Sin tiempo para nada, una entrada de piano marcó el inicio de la nueva ronda. Los espectadores, espoleados una vez más por un recordatorio vía altavoces, apostaron e hicieron las peticiones pertinentes de todo aquello que deseaban con el fin de no ver interrumpido el clímax posterior.

Tras viola y contrabajo, se sumó la voz de una contralto a la melodía de cuerda pulsada, revelando así los inconfundibles compases del *Maximizing the audience* del pianista prenube Wim Mertens.

Miroslav se dejaba hacer por las manos de una joven de trenza rubia que volvía a disponerlo, por sexta ocasión, como posible víctima o verdugo de dos completos desconocidos; y es que el croata era del pensamiento de que ni siquiera uno mismo llegaba nunca a conocerse del todo, cuanto menos a otra persona; aunque condiciones tan extremas como las actuales tuvieran la capacidad de revelar el verdadero yo de hasta el más críptico de los individuos.

«Solo son extraños», se dijo a si mismo.

Cómodo con su 12,5 %, o al menos todo lo cómodo que se puede estar cuando en un suspiro tu vida puede hacer fundido en negro, empezó a barruntarse si no sería mejor intentar ganar el juego ahora que tenía una posición ventajosa. No era una idea de su agrado, pero si había algo en lo que creía a pies juntillas era en que la mejor solución pasa por ser casi siempre la más sencilla. De todos modos tenía muy claro que sería una ingenuidad pensar que ganar terminara siendo sinónimo de sobrevivir en aquel agujero.

Cuando elevaron el volumen de la composición del músico belga, los operarios de posicionamiento apremiaron a hacer las últimas correcciones y, finalmente, se retiraron. La voz de Xenon se alzó por encima de la obra de Mertens:

—¡Preparados!

—12,5 %, 33,3 %, 33,3 %, 20 %, 33,3 % —repasó Kuzanovic. De nuevo todos eran números.

—¡Uno!

—12,5 %... son extraños...

—¡Dos!

—No puedo hacer nada...

—¡Tres!

—Solo son extraños...Extraños...

.................................¡Pum!..
..........¡Clic!...¡Clic!.......
............¡Clic!......Clic!...

El .357 de Kuzanovic atronó, lacerándole los tímpanos con su seco alarido de muerte. Una indecente deflagración roja y la imagen de un enorme trozo de carne cayendo a plomo dejaron impreso en su retina un indeleble cortometraje de dos fotogramas. Los últimos pensamientos de Kane se transfiguraron en una mixtura de hueso y sesos que, incrustados en la tarima, estampados en el kevlar y repintando las cadenas, ornamentaron toda una sección del escenario.

A pesar de que la jauría estalló al unísono, desaforados, como hacía rato que no se revelaban, Miroslav no reparó esta vez en ellos, ni en sus palabras, ni en su actitud, ni siquiera en nada que excediera su propia epidermis. La detonación había venido acompañada de un desagradable presente que se adueñó de su cabeza; un pitido alargado y estrecho: en parte, residuo de la áspera voz del revólver, en parte, sensación de irrealidad. Un acúfeno insidioso. Y, sin embargo, aún perdido en una remota isla de su consciencia, derivando como estaba en las pantanosas aguas del reconcome, reaccionó refugiándose en la probabilidad:

—No era nadie... —se dijo—, 14 %, 12,5 %, 25 %, 50 %.

Según terminó de calcular la última cifra, un profundo asco hacia sí mismo comenzó a instalarse en sus entrañas; una comezón palpitante, casi viva, que contuvo sus lágrimas. Se sintió indigno de ellas.

—Solo extraños... —se repitió con poca convicción, casi susurrándolo.

Permaneció así todo el tiempo que lo dejaron: inmóvil, con el revólver pendiendo del brazo y el brazo pendiendo del hombro, y con la mirada fija en el cuerpo decapitado de aquel desconocido con nombre y apellido: Phillip Kane.

Edward Redferne dejó de aplaudir y se giró hacia su hermano que, reclinado y amodorrado, seguía batiendo sus manos con desidia, mientras, en el escenario, Xenon bailaba un vals consigo mismo alrededor del cadáver.

—Dime Monthy, ¿sigue vivo tu hombre? —preguntó Edward.

—Sigue en pie, en efecto.

—¿No me vas a dar ni una pista?

—Ya te dije que no cuando lo hablamos, estás demasiado acostumbrado a las facilidades, hermanito —acompañó la afirmación con dos palmaditas en su rodilla.

—¿Estás molesto?

—¿Tengo razones?

—¡Tch! ¡Oh, venga, Monthy! ¡No se puede vivir siempre así!

—¿No? Soy una clara muestra de que sí, así que, hermanito, tu aseveración carece de fundamento —repitió el ritual: dos palmaditas acompasadas, ni suaves como caricias ni fuertes como para considerarlas golpes—. Y, por cierto, sigo estando seguro de que no ganarás; tampoco se te da bien el juego.

—¿Cómo que tampoco? —elevó el tono de voz.

—Ni el juego, ni la dialéctica, ni las finanzas, ni la

toma de decisiones... ¿Sigo?

—¿De verdad estás tan molesto? —le sujetó la mano justo cuando preparaba la tercera ronda de palmaditas.

—Ni hacer preguntas adecuadas, aunque, claro... es algo que entra dentro de la dialéctica, y no me gusta repetirme.

—¡Cualquiera diría que no! —exclamó Edward, devolviéndole la mano— ¿Qué quieres, que te pida disculpas?

Monthy Redferne llamó a un efebo de cabellera cobriza y cuando tuvo su atención hizo girar los hielos del fondo de su copa. El mancebo tardó poco en volver con una botella de Maestre Mackormick y una cubitera.

—¡Joder, Monthy! ¿Ahora no hablas?

El chico, cariacontecido, esperó la resolución del conflicto haciéndose a un lado y con la copa a medio servir. Sus pupilas, dilatadas y amparadas por el avellana de su iris, reflejaban el miedo del que ya pide perdón y permiso más por costumbre que por obligación.

—No seas maleducado, Ed.

—¿Maleducado? —miró furibundo al joven.

—¿Ves? Tampoco eres bueno eligiendo en qué poner tu energía. Este joven no tiene la culpa de nuestras desavenencias, hermanito —sin concederle más que una mirada de soslayo a su contertulio, apremió al asistente a que vertiera el *bourbon*.

—¿Desea algo más el señor? —dijo el chico, acompañando la pregunta de un conato de retirada.

—Sí —musitó Monthy Redferne, para, acto seguido, deslizar una mano entre sus piernas, justo por encima de las rodillas. Palpó firmemente con toda la extensión de su mano, desde la muñeca hasta la punta de su dedo corazón, y, cuando sintió como los muslos del joven se tensaban, inició el ascenso.

—¿Es esto necesario? —bufó Edward.

—Yo también tengo mis apetencias, hermanito —replicó Monthy que, tras terminar el tramo de piernas, se concentró en masajear los genitales del operario bajo su exiguo tanga.

El chico, con la cabeza girada en oblicuo y la voz ahogada, comenzó a murmullar:

—Se... señor este... tipo de servicios...

—¡Calla! —le interrumpió Monthy Redferne que, tras buscar su mirada, le agarró la polla y exhortó—: ¡A la cara! ¡Mírame a la cara!

El joven obedeció y clavó sus ojos en el rostro abotargado del mayor de los Redferne.

—Termina lo que ibas a decirme. Te escucho —susurró, sin dejar de hacer con su mano, trabajando ahora la incipiente erección del chico.

—Señor, este ti... tipo de servicios se realizan en nues...tras cabinas, no... no se nos permite hacerlo aquí.

—Ed, querido, me están dando un no. ¿A ti qué te parece? ¿Puedo o no puedo conseguir que me hagan un servicio aquí si pago suficiente dinero?

Edward Redferne, encendido como un hierro al fuego, hizo oídos sordos y aguantó estoicamente el bochorno sin mediar palabra.

—Te he hecho una pregunta, hermanito.

—¡Lo siento, Monthy! ¿Vale? ¡Déjalo ya!

—¿Cómo se pide?

—Por favor...

Monthy Redferne bostezó y se reclinó en su localidad; dejando al joven con el miembro erecto, asomado su glande por encima de la tela. Sus piernas temblaban como dos alambres.

—¿Qué esperas? Puedes irte —le dijo, señalándole el camino.

—Pero... —dudó Edward.

—¿Qué pensabas, hermanito, que iba a seguir...? —terminó lo que le quedaba de un sorbo— ¿Ves? No me conoces bien. En realidad no sabes mucho de nada de lo que te rodea; no ejercitas tu capacidad de observación —dejó caer la cabeza en el cuero de su asiento y con los ojos cerrados continuó— ¿Dilapidarás todo cuando me muera, o serás listo y me escucharás de una puñetera vez? —buscó su mirada y, con los ojos impregnados de certeza, sentenció—: Ya sabes que me queda poco...

—Sí, yo... lo siento

—Mira, cabrón consentido, haremos una cosa: Intentaré disfrutar hoy de todo esto y mañana mismo te pones a trabajar en serio —le ofreció la mano— ¿Trato hecho?

Edward asintió y selló el acuerdo.

—Acabarás aprendiendo a ejercer el poder —afirmó Monthy Redferne— no es tan difícil. Se trata de hacer lo que ya haces pero procurando mantener tu posición para continuar así hasta que te mueras.

Aunque el cuerpo de Miroslav seguía allí, enhiesto, su mente andaba perdida en algún recodo de la Zagreb prenube. Podía sentir a su difunto sargento de instrucción rumiando verdades incontestables a su oído y erizándole el vello con su perenne aliento a tabaco mentolado.

«¡Lo primero es lo primero, salvar el culo!», esputó el fantasma.

No se le hacía raro poder oír la voz acerada del sargento Tomic reverberando dentro de su cráneo, aunque también pudiese verlo justo en frente, omnipresente, reprendiéndolo con una muda expresión de hastío: con ojos de rapaz y labios apretados. Ya que, aun en su estado de enajenación, era contradictoriamente consciente del proceso que estaba sufriendo (aquellas terapias baratas en Cyberdog debieron de servir de algo).

No obstante, con sus sentidos escindidos entre realidad y recuerdo, la estampa que se dibujaba ante sí, adquiría, cada vez más, trazos de obra surrealista; a las ineludibles arengas del instructor y su imponente figura, se sumaban añadidos de los dos mundos: las pisadas rojas que dejaba el vals de Xenon, el propio cuerpo de Kane bajo las botas de Laszlo Tomic, el olor a pólvora y los cánticos militares a ritmo de trote. Pero, a pesar de todo, era la imagen del militar la que seguía monopolizando toda la atención de Kuzanovic.

«¿Piensas morir por nada, tarado?» inquirió su superior.

—No, solo son extraños, señor... —farfulló el soldado— solo extraños...

Aquel fantasma, embutido en su traje de gala, se acercó hasta plantar sus galones ante él y, colocándole una mano ortopédica en el hombro, aseveró:

«De la guerra solo se vuelve con heridas, remordimientos o muerto ¿Entiendes?»

Varias figuras del presente irrumpieron en la dantesca escena, emborronando la impronta mental del sargento y arrastrando el cuerpo del fallecido hasta más allá del entarimado.

—¡Despertad a este pasmado! ¡Debe estar en shock, o yo qué sé! –apremió Xenon.

—¡Jefe! Pero… ¿no había sido soldado o algo así? —replicó Naranja, mirando el rostro ausente del número cuatro.

—¡Para que te fíes…! ¡Al menos no es otro de esos S.N. como los que me habéis traído! ¿No crees?

—Sí, sí… —dijo Naranja, que, más por incapacidad que por mesura, ignoró la puya del presentador. El monocolor se acercó curioso a Miroslav y pasó sus manazas a pulgadas de aquellos ojos entornados; unos orbes vacíos que se encontraban más allá. Mucho más allá.

—¡Eh, tú, payaso! ¿Solo estuviste en garitas o qué? —bramó Naranja, zamarreándolo——. ¡Despierta, joder!

No hubo respuesta.

El menor de los Cox, cansado de poner a prueba la peor de sus cualidades (la paciencia), decidió, con dos soberbios reveses, hacer gala de aquello por lo que ocupaba su puesto: una notable capacidad para infligir dolor. Sin duda debía ser bueno en lo suyo, ya que, solo un latido después, Kuzanovic reaccionó fintando el tercer ataque y logrando sorprender al agresor con un culatazo en el pómulo (el .357 salió despedido por el impacto). Un rodillazo y un subterfugio más le bastaron al exsoldado para someter a Naranja, colocándose a su espalda y amenazando la integridad de su cuello con un metro de cadenas. Kuzanovic apretó, haciendo a su oponente hincar las rodillas. El monocolor se retorció intentando tomar aire, acompañando los espasmos de una retahíla de blasfemias que apenas lograba articular; una serie de exabruptos que acabaron embebidos en un fricativo ahogado. La presa, cada vez más férrea, comenzaba a poner a prueba sus vértebras cervicales; y sus pies, demasiado atrás, no le permitían hacer palanca.

El croata, en su delirio, oía las advertencias de Verde, pero eran las máximas de su instrucción lo que escuchaba de boca del espectro de Tomic. Ni siquiera la presión de la semiautomática de Jeff Albridge contra su nuca lograba que volviera de aquella escaramuza en la Bacva del 2031: «Los remordimientos vienen después, soldado».

—¡Suéltalo, jodido tarado! ¡Te doy tres segundos! —gritó Verde.

«Mejor secuelas que velatorios, soldado»

—¡Uno, dos, t...

Cuando la lengua de Verde ya alumbraba la «t», Blanco entró en escena cargando como un rinoceronte y asestó un brutal directo en la mandíbula de Miroslav. Uno de sus dientes salió despedido, encabezando un reguero rojo que voló hasta impactar contra el muro de kevlar. Sus noventa kilos besaron el suelo, retumbando en los oídos de una concurrencia que agradeció con aplausos el espectáculo ofrecido.

—¡Uh! ¿Crees que podrá seguir, Monthy? —preguntó Edward.

—Eso espero, Ed.

—¿Estás queriendo decir que...?

—No estoy queriendo decir nada, hermanito. Solo que sería una pena no perdonarle una pequeña rebelión a un tipo tan aprovechable.

Edward Redferne, levantó una de sus finas cejas (diez micras de grosor, el último grito) y sentenció:

—Estoy seguro de que es tu hombre.

—Hermanito... debo confesar que aunque esté un poco estropeado, es bien parecido, fuerte y decidido. Sí, es mi tipo... pero no como tú pensabas.

—¡Vamos, Monthy! ¿En serio...?

—¡Un poco más de humor, hermanito! ¿No íbamos a divertirnos?

—¡Venga, despertadlo! ¡Tenemos que continuar! —rebuznó Xenon.

El presentador observó circunspecto como Verde y Blanco guanteaban insistentemente el rostro del muñeco de trapo en que, a pesar de sus expeditivos métodos, seguía convertido el croata. Viendo que no lograban revertir el estado del número cuatro tragó saliva y, tras echar varias miradas furtivas por encima de sus gafas hacia la fila VIP, concluyó en que debería demorarse lo menos posible en solventar aquel asunto. Se acercó a Naranja que, aún renqueante, vestía de flemas las mangas de su traje y, poniendo la mano sobre su cerviz, musitó:

—Terry, vente conmigo. Vamos a por una cosa.

El monocolor asintió quedo y, ayudándose de sus pies, manos y rodillas, consiguió erguirse con pausa y por etapas.

—¡Vosotros, dejadlo ya! Iré a por amoniaco.

Verde soltó bruscamente a Miroslav, dejó que su occipital aterrizara con un golpe seco sobre la madera, bostezó, y levantó el pulgar hacia Xenon que, ya de espaldas, se encaminaba hacia el fondo del escenario.

Nada más desaparecer tras el raído telón, Michael Karst bajó unas escaleras y se apoyó pesaroso en un mueble desvencijado. Posó la frente contra la chapa de metal y dedicó una breve mirada al intestino grueso de aquel complejo lúdico. Allí, entre bambalinas, un trío embutido en ropa quirúrgica manchaba de sangre, tripas y heces el verde espinaca de su vestimenta. Varios cubos de goma negra engullían voraces los despojos en que iban convirtiendo, a sierra y machete, los cadáveres que se acumulaban en aquella habitación. Un cuarto del horror que, mediante una pírrica infraestructura de mobiliario abandonado y cortinas de plástico industrial, quedaba habilitado para la ocasión.

—¡Venga, vagos! ¡Daos más brío! —bramó Naranja.

Uno de los tipos se giró y, enarbolando un brazo negro en una mano y una radial en la otra, le dedicó un obsceno movimiento de pelvis.

—¿Qué quieres, que vaya a meterte el brazo por el culo? ¡Sigue con lo tuyo, gilipollas! ¡Aún os quedan cuatro más, por lo menos...!

Otro de los carniceros llamó la atención de su compañero golpeándole en la espalda con un pie sanguinolento y, cuando tuvo su atención, señaló la mesa que presidía la estancia; sobre ella se amontonaban, aún cortados en grueso, los restos del número tres y la número cinco. Ambos volvieron a sus quehaceres.

El viejo presentador tomó dos bocanadas de aire y, cuando fue a abrir una de las portezuelas del armario, un repiqueteo de sus uñas contra la chapa hizo patente un incipiente tembleque en sus manos. Naranja terminó la acción por él.

—¿Está bien, jefe? —dijo, señalándole toscamente, como haría un niño, el baile arrítmico de su mano derecha.

—Sí, sí, Terry… anda, coge esto… —rebuscó y sacó una botella blanca y una pella de algodón— ¡Y que ese tipo despierte pronto! ¿Vale? Me han dado señal de que no paremos. Vamos muy lentos.

—Sí, sí, jefe.

—Que lo huela ¡O mejor…! ¡Mira… dáselo a tu hermano!

—¿Qué quieres decir, que soy tonto? —le dijo, arrancándole la botella y el algodón de un manotazo— ¡Siempre Max! ¿No? ¡Ve y dile esto a Terry, ve y dile lo otro! ¡Tu hermano es tonto, Max!

—No, no, Terry… mira, dame un par de minutos. ¿Vale? —dijo el viejo, retrocediendo hasta sentarse en una estructura de metal que podría pasar más por escombro que por silla.

El menor de los Cox cejó en su empeño cuando vio la dificultad con la que aquella ruina en lentejuelas se debatía por mantener el equilibrio. Se mordió la lengua y resopló para, segundos después, acercarse a una mesita que había junto a las escaleras por las que habían bajado. Rebuscó entre el compendio de comida sintética que había dispuesta a modo de *catering* y, tras descartar varios sucedáneos de cola, se decidió por un refresco de lima con el que llenó un vaso de un solo movimiento. Michael Karst, con la boca entreabierta y las cejas convertidas en interrogante, vio como Terry Cox se acercaba a ofrecerle el vaso. El olor dulzón del preparado de azucares y edulcorantes le hizo arrugar tanto la nariz al presentador que pareció esconderse casi por completo bajo la montura de sus ridículas lentes. Naranja insistió, poniéndole el refresco en la mano, y añadió:

—No hay agua.

Karst respiró hondo, mirando el fluido verde ondular, plástico, denso.

—¡Vamos, jefe! ¿No tenemos tanta prisa?

Karst asintió y se bebió el líquido de un solo trago, intentando no olerlo. El regusto a golosina se apoderó de su lengua, entrando en disputa con el ferroso sabor de la sangre en flotación que llevaba monopolizando su boca hacía ya rato. Controló una arcada y añadió sin pausa:

—Venga, venga, vete y haz eso.

—Vale, jefe —respondió Naranja, alejándose.

—Terry...

—¿Sí, jefe?

—Gracias.

—Nada, jefe... todos hemos tenido abuelo.

Xenon, ya solo, aprovechó para sacar una ampolla de ciclosteria y un kit de preparado de su americana. Calculó la dosis adecuada y se inyectó hasta alcanzar el éxtasis (un subidón de escasos tres segundos); tras ello, se permitió un minuto más de descanso. Hubiera preferido el solaz de su casa y su cuarto de recreo para tales menesteres, pero si hay algo de lo que provee la ciclosteria como primer efecto secundario es de un súbito estado de ausencia, a prueba, incluso, del atronar de las sierras en aquella sórdida recámara. Pasados esos sesenta segundos, el efecto posterior y mucho más duradero se empezaba a manifestar como una perfecta puesta a punto, acompañada de una incontenible necesidad de actividad. Se irguió, se atusó el pelo y subió los escalones de dos en dos.

De repente, un intenso olor a droguería arrancó a

Kuzanovic de su pesado sueño. Aún medio grogui, sintió como una legión de hormigas de fuego ascendía por su pituitaria incendiándolo todo a su paso. Mientras Naranja apretaba el algodón empapado contra su cara obligándolo a inhalar y poniendo a prueba la resistencia de su tabique nasal, Verde lo sujetaba por los brazos, para impedir así cualquier remoto intento de zafarse. Para cuando aquel calor químico se apoderó de cada uno de sus músculos faciales, sus orbes oculares intentaban escapar de aquella quema, abiertos de par en par, pidiendo clemencia y moviéndose espasmódicamente en busca de respuestas.

Lo primero que vio con claridad fueron los pequeños pero enfocados ojos de Naranja. Dos puntos oscuros que, enmarcados en sendas fosas de pómulos prominentes, destilaban una ira también patente en un gesto de labios apretados. Naranja lo liberó de la presa y, conteniendo visiblemente un puñetazo, le escupió en la cara, lo cogió por la pechera y tiró de él hacia arriba.

—¡Levanta, saco de mierda!

El aire viciado del subterráneo inundó sus pulmones, solazando sus fosas nasales y procurándole un alivio solamente temporal; ya que, al espirar, un desorden de toses agarradas y bruscas convulsiones dejaron constancia del valor del NH3 como método de tortura. Mareado, apenas lograba entender la retahíla que Naranja profería entre empujones.

—¡Te reventaría aquí mismo! ¡Pero encima tienes suerte, hijo de puta! ¡Hoy están teniendo marcha de sobra! ¡Si no fuera por eso...! ¡Pff! ¡Me dejarían matarte a golpes...!

—Doy fe de que se le da bien —dijo Verde—. A lo de

dar palizas, me refiero...

Miroslav permanecía de pie, oscilando como un tentetieso y controlando constantes accesos de vómito. Verde se interpuso, sujetó al croata por los hombros y escudriñó sus pupilas con detenimiento.

—¡Terry, tío, déjalo! Me parece que ni siquiera se está enterando de nada. Te has pasado con el amoniaco.

—¡Joder! ¿Qué esperas...?

—Mira... ¿Sabes qué te digo? —esperó a tener encima aquella característica mirada de expectación de Terry y continuó—: ¡Estoy hasta la polla de que el cabrón del nuevo se escaquee de todas! ¿Le has visto hacer otra cosa que no sea calmar a ese subnormal de allí? —dijo, señalando al gigantón número dos.

Rojo, que se encontraba revisando las cadenas, se dio cuenta al momento y se acercó con calma

—Es verdad, Jeff —asintió Naranja.

—¡Eh, Emmet! ¿Te llamabas así, no? —dijo Verde.

El espigado Emmet Maclachlan (también conocido como Alto) necesitó apenas cuatro zancadas para llegar desde la otra punta del escenario, para, con mucha calma, plantar su 1,95 frente a Verde.

—Exacto, Emmet Maclachlan. ¿Qué quieres?

Verde sonrió con socarronería, dio un paso al frente, y, mirando hacia arriba, respondió:

— Mac-lach-lan. ¿Eso es irlandés o escocés?

—Ambas cosas.

—No me gustan ni los unos ni los otros, pecoso Mac-lach-lan —se acercó un poco más, buscando el gris de los ojos de Rojo.

El rubicundo irlandés inclinó la cabeza hasta dejarla a un dedo de la de Verde y respondió con pausa:

—¿Acaso tenemos que gustarnos para trabajar? Te repito: ¿Qué quieres?

—Bien... Emmet Mac-lach-lan... ahora que lo dices, sí que quiero algo. Recoge ese puto revólver y dáselo a este mierdecilla de aquí —señaló a Miroslav— y procura que en la siguiente ronda sea capaz de usarlo. Si trabajas como es debido poco me va a importar que tu madre te concibiese tras una orgía entre putas irlandesas y perros escoceses.

Verde se tensó, esperando una respuesta no verbal, pero Rojo, lacónico, se descolgó con un simple «ok». Sin más, se agachó a por el arma y se dirigió hacia el tambaleante Kuzanovic.

—¡Bien hecho Jeff! —celebró Naranja, acompañando su sonrisa bobalicona con una palmadita en el hombro.

—Sí, Terry, sí... venga... vamos a ver qué dice el viejo, parece que ha vuelto.

Rojo esquivó una ráfaga de bilis nada más llegar; examinó con detenimiento a Kuzanovic y, minutos después, volvió con un trapo y un cubo de agua turbia. Le ayudó a limpiar su cara de baba y jugos gástricos, y, cuando logró conseguir la suficiente atención por parte del croata, le puso sobre aviso:

—¡Ahí va, cierra bien los ojos!

Sean Keamy, muy abstraído durante toda la ronda, reaccionó también a la advertencia de Rojo y se separó todo lo que daba de sí el tramo de cadena, algo más de tres metros. Xenon, que se había enchufado al micrófono con aires renovados, narraba la escena con detalle y ánimo excesivo, como si aquel cubetazo de aguas residuales hubiera pasado a ser la piedra angular del espectáculo.

—¡Hagan sus apuestas señores! ¿Vomitará o no...? ¡Allá vamos...! ¡Hala! ¡Ni las aguas del Támesis mejoran eso! ¿Qué dicen ustedes?

El baño fecal caló por todo el cuerpo del croata y, a pesar del mareo, el fuego en su garganta y una nueva concatenación de arcadas, sirvió para despejarle lo suficiente. Más consciente de lo que sucedía alrededor, aceptó los jirones de tela que le ofrecía Rojo y se secó la cara, apartándose un cabello que ahora lucía mojado en toda su extensión, no muy espeso, pero sí largo, hasta el cuello. Aun de mierda hasta las cejas, un pensamiento positivo se impuso en el caos que todavía imperaba en su mente: al menos ese sonido se había ido, esa aguja acústica, esa insidia indescriptible ya no estaba. Tras apurar al límite toda la capacidad de absorción del trapo, lo arrojó a un extremo del entarimado (por orden de Rojo) y extendió la mano para recibir de nuevo el revólver. Cuando la empuñadura niquelada tocó su palma, pudo ver varias manchas bermejas por toda la anatomía del arma, máculas de sangre que actuaron como un resorte, recordándole la necesidad de calcular.

«14 %, 12,5 %, 25 %, 50 %», pensó.

El sosegado monocolor se apartó, dejándolo con sus cábalas y su embotamiento cerebral, para volver, poco después, dispuesto a encadenar su destino al de aquel S.N. con cuerpo de hombre y mente de niño. El corpulento Steve se giró y lo miró mientras le reajustaban los grilletes. El contorno de sus ojos vestía el encarnado característico del que ha terminado existencias en sus lacrimales, y su interior, el deslucido brillo del que ya solo espera. Sin abrir la boca, hizo desaparecer su correspondiente arma en su manaza y se volvió, facilitándole el acceso a su temporal izquierdo, su nuca, su cabeza, su vida.

«14 % —volvió a pensar— Morir o matar».

Resignado, se anticipó al ritual acostumbrado, dispuesto a acariciar la sien de aquel bigardo infeliz con una promesa de acero y muerte. Nada más posar el cañón sobre la sien de O'Mahoney advirtió un soliloquio indescifrable en la entrecortada voz del gigantón, dos bultos en su cuello y un temblor creciente por toda su anatomía. Solo era un S.N., el producto del inconsciente acto de engendrar bajo el influjo de la nube.

«Es como un niño de cinco años —pensó—, como un niño de cinco años...».

Observando aquella mole sometida, aquel ser atrapado, volvió a percibir como un silbido se deslizaba, paulatino, medrando en su oído hasta volver a instalarse en toda su cabeza. Desconocía el porqué, pero supo, desde ese justo momento, que nunca más lograría acallar aquella cosa. No mientras estuviese vivo.

12. CLIC

Estación del placer de Camden, 23 de marzo de 2051
(época postnube)
02:03 h GMT

Precedida por un agudo pitido, la voz tras los altavoces atronó de nuevo los oídos de los presentes:

«Damas y caballeros, nuestra excitante ruleta se acerca a su cénit. A estas alturas estarán más que familiarizados con el procedimiento. No obstante, es nuestra obligación avisarles de la inminencia de la séptima ronda. Las apuestas, pues, quedan abiertas. También cabe decir que debemos darles las gracias por la gran acogida que están recibiendo esta noche los juegos. Como pago a la pasión con la que se han involucrado en la dinámica del mismo, les ofreceremos, gustosamente y durante la presente ronda, una rebaja del 50 % en todos nuestros servicios sexuales. Recuerden, tenemos operarios del placer de ambos sexos, diversas razas y complexiones, pero todos, absolutamente todos, completamente sanos. Los mantenemos bajo exhaustivos controles médicos y aislados, por razones evidentes, del exterior. Anímense. Y no olviden que somos la evolución».

Los altavoces volvieron a despedirse con otro chirrido, desagradable y delgado como un hilo.

Miroslav cerró los ojos. Por un instante, en el que ambos sonidos se superpusieron, se deshizo de aquella irritante compañía en su cabeza; un respiro de escasos segundos. Intentando escapar de nuevo de aquella constante, se concentró en el presentador; parecía diferente.

Xenon insistió en unos últimos retoques antes de iniciar su «un, dos, tres». Las posturas de los cuatro supervivientes aún no estaban lo suficientemente conseguidas para su gusto, por lo que arengó a los operarios encargados de tales menesteres quienes, viendo el estado de exaltación en el que se encontraba el sexagenario, no dudaron en obedecer *ipso facto*.

—¡Tú, niño, esa postura! ¡Eh, rubia! ¡El subnormal, el subnormal, que se mueve! ¿Tengo que hacerlo todo yo? —Xenon, acelerado, paró un momento para restregarse los ojos y apartó el micrófono que con torpeza se había dejado abierto— ¡Cosas del directo, damas y caballeros! —el público reía.

Un sonido de cuerda de violoncelos, violas y contrabajos se deslizó por la estancia; dibujaba los primeros compases de *La danza del fuego* de Manuel de Falla. La concurrencia calló.

Justo cuando la melodía de un oboe emergía en un mar de graves, Miroslav percibió el repiqueteo caótico de los zapatos de Sean Keamy sobre el entarimado. Intrigado, giró el cuello hasta toparse con la visión de un hombre cambiado, deshecho, con sus dientes castañeteando, meado hasta los tobillos y sin atisbo de orgullo en su rostro. El bravucón en chaqueta había desaparecido dejando paso a un mudo despojo. Dedicó un par de segundos más a observar la mirada a la deriva de Keamy, momento en el que sus últimos cálculos volvieron como un latigazo mental: «14 %, 12,5 %, 25 %, 50 %».

«50 %». Definitivamente era ese 50 % lo que podía apreciarse como una impronta indeleble en los ojos del número seis.

Ahora todo tenía sentido. Mirando a aquel individuo, Miroslav recordó unas palabras anónimas que le marcaron: «¿Sabes qué es lo principal para sobrevivir, chaval? Miedo, el miedo es lo principal». Lo paradójico, pensó Kuzanovic, era que ese miedo poco iba a ayudar a aquel mierdecilla, porque allí encima, sobre la tarima, nadie era ajeno a aquella angustiosa sensación de estómago estrangulado. Todos tenían en su interior esa araña de patas afiladas y paseo constante. Los cuatro estaban igualados.

Los operarios se alejaron de la escena dejándolos de nuevo como los auténticos protagonistas que eran, estrellas de una aborrecible obra. El viejo se aclaró la voz y encendió el micrófono, y, en pleno subidón, soltó una parrafada innecesaria sobre las bondades del proceso, rematándola con un gesto teatral de conformidad con la disposición final de los participantes. Miroslav cerró los ojos, para cerrar el paso a la sordidez que lo rodeaba, se centró en el sonido de los violines, acariciando el momento, sufriéndolo, mordiéndolo.

—¡Uno!

Olía a muerte.

—¡Dos!

Acero en su mano, acero en su cabeza.

—¡Tres!

Violines.

....¡Clic!...............
...............¡Clic!..............¡Clic!.....................................
...............¡Clic!..............

La suerte sonrió a todos. La jauría silbó descontenta ante la falta de sangre. Sean Keamy no aguantó la presión. Sus rodillas de gelatina le hicieron caer, algo del todo insuficiente para el respetable. Sin muerte el juego perdía aliciente y Xenon lo sabía.

—¡Increíble, damas y caballeros! ¡Increíble que a estas alturas no haya caído ninguno de los cuatro supervivientes...! ¡Las apuestas están que arden! ¡Aprovechen, aprovechen! ¡La vida sigue, y nosotros con ustedes!

El presentador paró un momento a restregarse los ojos y siguió hablando. El público, enardecido, comenzó a llamar a los operarios del placer. Dos o tres arengas después, medio aforo reclamaba que le gestionaran alguna jugada. Incluso podían apreciarse manos asomando de entre las cortinillas de las cabinas de fornicación, llamadas insistentes de usuarios que querían compaginar dos vicios: sexo y juego.

—Hermanito.

—¿Sí, Monthy?

—Esto se va a poner más que interesante —dijo el mayor de los Redferne, frotándose sus manos enguantadas.

—Ya lo estaba siendo, ¿no?

—Veo que no te has dado cuenta...

—¿De qué? —dijo Edward con cara de no entender.

—Estate atento, quizá aprendas algo después de todo —dijo Monthy, guiñándole un ojo a su hermano.

Alzó la mano y llamó a uno de los operarios del placer, un robusto joven en la veintena que se acercó con un *pad* de gestión. Monthy le tocó el brazo, atrayéndolo hacia sí y buscando una confidencialidad que el chico interpretó al instante, acercando con premura su oído a la boca del aristócrata. Tras varios segundos de reservado murmullo, al que el operario respondió con un constante y reverencial asentimiento, ambos se separaron y establecieron contacto visual. El muchacho se encogió de hombros y rompió el silencio:

—Debería hablarlo con el jefe de sala, no es algo común, si no le importa, caballero... —señaló con un dedo la primera fila.

Monthy Redferne concedió:

—Ve, pues.

Observó cómo el chico se deslizó hasta la primera fila (con elegancia pero sin dilación), cómo se situó al lado de Bertrand Beaviour y cómo esperó pacientemente a que fuera el jefe de sala quien advirtiera su presencia. Sin duda sería un buen mayordomo, pensó. Bertrand se giró y siguió con su mirada la trayectoria que trazaba el índice del operario. Monthy Redferne inclinó levemente su cabeza y el señor Beaviour, en una muestra de deferencia, replicó el gesto. Segundos después, volvió el servil intermediario con el dictamen positivo reflejado en una complaciente sonrisa y el *pad* dispuesto para la pertinente rúbrica.

Buena parte del público murmuraba y seguía con la vista la estela del chico.

Edward, expectante hasta el momento, rompió su silencio a la llegada del joven:

—¿Me piensas decir qué es lo que has apostado?

Monthy remató su firma con un golpecito sobre la pantalla y respondió:

—En su momento lo sabrás; solo te doy un dato: cien a uno.

—¿Algo más, caballeros? —preguntó el chico.

Edward negó con la mano.

Monthy Redferne escaneó al encargado de arriba abajo y añadió:

—Sí. Dile al jefe de sala que cuando finalice el evento negociaré tu compra. Nos agrada la gente que hace bien su trabajo y sabe cual es su posición.

—Sí, señor.

—¿Te placería salir de este agujero?

El muchacho, boquiabierto, no acertó a responder.

—¿Y bien, chico?

—Sí, sí, me gustaría poder servirle.

—Puedes irte —sentenció el mayor de los Redferne.

Cuando se alejó, Edward volvió a la carga:

—¿No me lo dirás, no?

—Ahora no, más tarde. Te falta paciencia.

Monthy Redferne miró al número cuatro desde su asiento, pidió otra copa exclusiva y se acomodó.

La música cesó. Miroslav abrió los ojos. Aquellos

cuatro monocolores seguían allí. Aquellos refregones rojos que marcaban el camino hacia el anonimato, también. Los otros tres encadenados, cómo no, allí estaban. Incluso aquella insidia sonora. Allí seguía, palpitando en su interior.

Quizá, pensó, fuera lo mejor. ¿Para qué andar día sí día también del refugio al tugurio de Jamie y del tugurio al refugio? ¿Para qué vivir mendigando comida en St Michael's Church? Se tocó un incipiente nódulo cerca de su sien derecha y pensó: «¿para qué?».

Una respiración entrecortada lo sacó de sus pensamientos. Sean Keamy seguía postrado, tratando de llevar aire a unos pulmones que, a tenor de sus cortos y continuados intentos, debían de tener el tamaño de dos pequeñas bolsitas de hielo. Fue entonces, al oír rumiar la ansiedad en la boca de Keamy, cuando buscó su mirada; fue entonces cuando vislumbro un 100 % en sus ojos turbios. Fue entonces cuando todas sus interrogantes quedaron respondidas.

13. KUZANOVIC

Avenida Connaught, el Gran Londres, 22 de marzo de 2051 (época postnube)
16:15 h GMT

Suspiró y echó un nuevo vistazo a la fauna que pululaba en aquella sala de espera: una tipa con la cara plagada de las pústulas propias del Xdh78, hasta seis S.N. con sus supuestos tutores (downs, hidrocefálicos, etc.), un chico muy maltratado por el crocodil (la droga comecarne) y un anciano más saludable que el resto de los allí presentes a pesar de sus bien entrados setenta.

Una enfermera de pelo cardado y rostro marcadamente asimétrico salió de la consulta tableta en mano y, tras dar paso a la afectada por el Xdh78, levantó la voz:

—¿Carver? ¿Jonathan Carver?

El viejo dejó de mirar por el único ventanuco de

aquella estancia y alzó la mano a media altura.

—Bien... después del señor Carver irá el señor Kuzanovic y después... el señor Van Lunen. ¿De acuerdo?

La mujer levantó la vista de su tableta y dio por bueno el asentimiento murmurado de ambos.

Miroslav puso sus ojos en el tal Carver. El hombre había desviado otra vez su atención a lo que sucedía más allá de aquellas cuatro paredes, incluso más allá de la mole de cemento que suponía el Gran Londres; su mirada, perdida, traspasaba aquella pírrica ventana hasta los límites del bosque de Epping. Una de aquellas nubes que décadas atrás surgieran de la nada seguía allí, inmutable, a modo de niebla de color moho, mucho más densa de lo que podría parecer desde aquella distancia. Ningún londinense de la época pre-nube habría temido nada de aquella neblina, aunque le extrañase su color. Pero sus coetáneos sabían muy bien con que identificar aquella mortecina tonalidad: sangre y dolor.

El anciano se giró como si hubiera sentido la curiosidad de Miroslav en su nuca y, haciendo una mueca hacia la ventana, confesó:

—¿Sabe? Aún no me acostumbro.

—¿Y quién podría? —se escuchó contestar a sí mismo Miroslav.

—Desde luego, nadie que naciera antes de toda esa mierda.

Miroslav afirmó con el cuerpo y la cabeza, rematando con una franca sonrisa.

La voz de la enfermera se escuchó por la megafonía integrada:

—¡Carver!

El hombre se irguió, se estiró y se despidió. Al dirigirse a la puerta se hizo patente una ostensible cojera en su pierna derecha:

—Un placer, caballero.

—Igualmente —respondió Kuzanovic, antes de sumirse de nuevo en el fantasmagórico verde que inundaba el bosque.

Cuando el hombre desapareció tras la puerta, Miroslav se levantó y se cambió de asiento para poder observar con más detenimiento.

Nutridas bandadas de estorninos sobrevolaban el bosque y se internaban para, poco después, emerger de entre las copas de los árboles realizando todo tipo de piruetas. Si estuviera más cerca, sabía que incluso podría vislumbrar la imponente silueta de algún venado que paseaba entre la niebla. Muestra inequívoca de la compatibilidad de la vida con aquella sustancia, aquella cosa que lo impregnaba todo allá donde surgía y que ni el viento ni la lluvia lograban arrancar de la tierra.

Cogió un par de octavillas de una mesa baja que tenía al lado para abanicarse. El ambiente, cargado de sudor, toses y fiebre calaba hasta el sofoco. El aire acondicionado se había convertido en un lujo, pensó; ¡qué demonios!, esputó para sí mismo, casi todo era un lujo en casi cualquier sitio.

Negó varias veces con la cabeza y desdobló el papel para curiosear. En su tosca superficie rosa chicle de tres reciclados se podía leer un mensaje conciso:

«¿Quiere ganar 500 créditos en tan solo un día? ¡¡500 CRÉDITOS!! En seis horas de trabajo tendrá solucionado el mes. ¡¡SOLO SEIS HORAS DE TRABAJO!! Llame al: 69-0666-69».

«500 al día... en solo 6 horas... (¡ya, claro!) y con

suerte los cobraría antes de morir entre estertores», pensó. Todo por entrar en alguna zona nubosa, seguro. Todavía habría por ahí gilipollas que pensaran que un simple traje les podría proteger de una de esas nubes.

Miroslav se llevó la mano a la cabeza y se palpó tres bultos bajo su melena.

Suspiró. Sus piernas temblaban.

—¡Kuzanovic!

Tragó saliva; era su turno.

El robusto anciano salió sonriente; debían de haber terminado ya con lo suyo. El hombre se despidió amable desde el umbral de la puerta.

Miroslav Kuzanovic miró una vez más por la ventana y, nada más volverse y enfilar la consulta, decidió lo que haría con los únicos cien créditos que le quedaban: si el médico le decía que no era nada, los gastaría en comida, quizá en ropa; si le decía que sí, los gastaría en alcohol, quizá en putas. Así, de una forma u otra, sería un tío con suerte.

14. KEVLAR

Estación del placer de Camden, 23 de marzo de 2051 (época postnube).
02:11 h GMT

Kuzanovic se imaginó a sí mismo enfundándose el uniforme. «Con un propósito se vive mucho mejor», recordó decir a su padre. Acarició la culata niquelada y volvió a palparse el bulto que asomaba por encima de su oreja; seguía allí, al igual que aquel zumbido perpetuo. Los ignoró a ambos. Respiró con profusión y contempló su entorno con detenimiento, como quien repasa las preguntas de un examen; le bastaba un suficiente. «Ve a por el diez si no quieres un cuatro», solía repetirle el viejo.

Focalizó sus sentidos: su oído en cada comentario, su vista en cada movimiento, su tacto: tenso y dispuesto. Desestimó el mensaje de megafonía, su complacencia para con su clientela, sus ofertas y su proclama final («somos la evolución»). Restregó su mano contra la pernera del pantalón y, cuando la notó bien seca, volvió a empotrar el arma entre sus dedos. Dos veces.

«Ve a por el diez», se repitió.

Blanco y Verde no perdían de vista a Sean Keamy. Si alguien hubiera podido dibujar sus miradas, se hubieran asemejado a dos gruesas correas de cuero negro rematadas por un collar de castigo. Miroslav observaba de soslayo como el excorporativo se paseaba por sus dos metros cuadrados, dando pasitos de *geisha*, intentando escabullirse de aquellos cepos visuales como uno de esos ratones albinos de ojos sangre.

«Que aguante hasta la cuenta, por favor... », rezó Miroslav. Sabía que si le decía algo sería peor, podría precipitarse, y entonces tendría que ir a por el cinco (mal asunto).

Al otro lado, Naranja y Rojo parecían una amenaza inferior, aunque todavía podía sentir el rencor del primero clavándosele en la espalda. No debía ignorar eso. De todos modos estaba claro que, por su disposición, Naranja se ocuparía de la italiana, lo cual le dejaría con Rojo. No había terminado de calar del todo a Rojo. Por otra parte, el gigantón quedaba así sin vigilancia. Debían haber decidido dejar al S.N. fuera de la ecuación. Tenía sentido.

La misma dinámica de anteriores rondas volvió a desarrollarse y, mientras se dejaba hacer por los operarios de posicionamiento y la jauría exprimía las últimas apuestas, calculó los metros de cadena que le separaban de su sobresaliente: casi tres metros hasta el muro y algo más de cuatro metros de cadena entre cada participante. Muy justo, pero tendría que conformarse con eso.

El comienzo de la música marcó el punto de no retorno. La distorsión de las guitarras de la banda prenube Megadeth atronó desde el principio con los contundentes acordes de su *Simphony of Destruction*.

El croata volvió a mirar a Keamy. A esas alturas debería de haberse quedado ya sin reservas en su vejiga, pero, al parecer, aún tenía para rato. Llevaba muy mal eso de tener que depositar su fe en que aquel miserable aguantara el tipo hasta el conteo. Así que, tomó aire y decidió concentrarse mientras la voz de Dave Mustaine se apoderaba del subterráneo.

You take a mortal man...

Todos los operarios salieron del círculo.

And put him in control...

Xenon carraspeó.

Watch him become a god...

Sintió el acero de Keamy tiritando en su temporal izquierdo.

Watch people´s heads a´roll...

—¡Preparados! —«preparado», se dijo.

A´roll...

—¡Uno! —el Magnum de Keamy dejó de rozarlo. Ahora o nunca.

A´roll...

—¡Dos! —Kuzanovic cogió la cadena con la zurda y preparó el sprint.

—¡T...! —Para cuando el aire escapó entre la lengua y el paladar de Xenon, formando ese característico sonido oclusivo, Miroslav ya llevaba un latido de ventaja. Inició su carrera de súbito, desplazando de un tirón a Keamy que, ayudado por la inercia, logró zafarse del cañón de la italiana y detonar su arma (¡Clic!).

Verde y Blanco abrieron fuego: uno de los proyectiles alcanzó un brazo del número seis, el otro restalló contra el kevlar. Rojo, especialmente lento, erró su ráfaga mandándola a un lateral. Cuando redirigieron sus semiautomáticas hacia el croata ya era tarde. Kuzanovic volaba directo hacia la primera fila de butacas.

Una miríada de respiraciones contenidas lo recibieron al caer.

Tal como temía, la distancia no era la óptima. La cadena se quedó corta, condenándole a una fuerte sacudida y a una postura más apropiada para una marioneta que para un hombre en sus cincuenta. Su zurda quedó estirada y pegada al muro, soportaba el castigo del peso de Keamy y el gigantón (ambos por encima de él y al otro lado), y sus pies apenas lograban sostenerle si no era de puntillas; lo cual le dejaba con suficiente movilidad solo en su mano derecha, la armada.

Estiró su hierro y encañonó la cara de Míster Morbo, repicando el acero contra la madera de su máscara.

Todo el mundo enmudeció.

Dos latidos interminables fueron interrumpidos por un grito de dolor de Keamy. El rubio se desgañitaba mientras se llevaba la mano al brazo agujereado,que, para más inri, era el que soportaba parte del peso del croata.

Algunos espectadores alzaron voces de alarma.

—¡Quietos! —advirtió Miroslav que, parapetado tras el muro, se hacía fuerte amenazando con volar la cabeza de Míster Morbo.

Su posición le preocupaba, más que por lo incómodo, por la poca libertad que le dejaba para vigilar los movimientos de los monocolores, ahora a su espalda.

Bertrand Beaviour izó su mano y todo el mundo respondió perpetuando el silencio inicial. Morbo, inmutable, dejó hacer a su anfitrión.

El jefe de sala bajó su brazo y, conteniendo sus movimientos, giró únicamente su cabeza, manteniendo el resto de su cuerpo encajado en el sillón:

—Muy habilidoso, señor...

—¡Calla, pedazo de mierda! ¿Crees que esto es una broma? —le interrumpió Kuzanovic, mientras trataba de advertir por el rabillo del ojo qué se cocía sobre el entarimado.

—Deberías escuchar sus propuestas, seguro que te satis... —intervino Morbo, con su voz cavernosa y soterrada, carente de altibajos.

Kuzanovic amartilló el arma y, raspando con su cañón la máscara de Morbo, ordenó:

—Silencio.

Morbo calló.

Algunos pasos revelaron movimiento en las filas posteriores. Miroslav dio dos sonoros golpecitos en la frente de Morbo y, mirando con autoridad a Beaviour, utilizó el cañón como índice para señalar el foco del sonido.

—¡Esos! —añadió.

—¡Todos quietos! —gritó Beaviour con marcada desgana.

Miroslav torció la cabeza hacia atrás, aplastándola contra el polímero de kevlar y acompañando el gesto con un torpe contoneo de todo su hemisferio izquierdo.

—¡Los de colores también! —dijo.

—¡Tch! ¡Quieeetos! —obedeció el jefe de sala.

—¡Pero, jefe...! —se oyó replicar a Blanco.

—¡He dicho que quietos!

—Bien... —musitó Miroslav, casi para sí mismo. Tomó una enorme bocanada de aire y alzó la voz—: ¡Eh! ¡Tú! ¡La italiana! ¡Grandullón! ¿Te llamabas Steve, no? ¿Me oís? ¿Me entiendes, tía?

Las voces descoordinados de ambos se mezclaron al responder:

—¡Sí, sí, sí, señor! ¡Sí, *sono, dimmi*!

—¡Estaos atentos! ¡Nos vamos a ir de aquí! ¿De acuerdo?

Beaviour frunció el entrecejo mirando a Miroslav, que le aguantó la mirada mientras seguía la conversación.

—Conformemente.

—¡Sí, sí, sí, señor!

—Steve, hazme un favor. Acércate al muro. ¿Vale?

—¡Sí, sí, sí, señor!

Un resoplido de Blanco se dejó oír como un tren en la noche. Beaviour apretó la mandíbula, los labios, incluso el culo, e hizo amago de hablar. Kuzanovic le negó con la cabeza.

A la mole le bastaron tres pasos para plantarse en el muro, aliviar la carga de Miroslav y dejar al croata y a Keamy como únicos extremos de la básica polea que se había creado tras el salto. Los gritos de Sean Keamy lo confirmaron.

—¡Por favor, ayúdame...!

Kuzanovic hizo oídos sordos y volvió a dirigirse a sus rehenes.

—Me vais a escuchar y vais a obedecer. ¿De acuerdo?

Bertrand Beaviour cruzó sus piernas y sus brazos

con desaire y contestó:

—Habla, pero no prometo nada.

—Vosotros dos vendréis conmigo, con la chica y con el S.N. Y si os ponéis tontos le vuelo la cara a tu amigo el misterioso. Ya estáis soltándolos y dándoles armas. ¿Entendido?

Un nuevo lamento de Keamy ahogó el «hijo de puta» contenido que farfulló el jefe de sala.

—¡Por favor...! —insistió Keamy.

—Con el desgraciado ese haced lo que queráis. ¡Ah! Y otra cosa... —acompañó sus palabras de un repiqueteo rítmico en la máscara de Morbo— sé la de perros que tenéis ahí fuera. ¡No quiero ni uno allí al salir! ¡Ni uno! ¿De acuerdo? Como solo vea uno os ejecuto, a ti el primero. ¿Y bien...?

Bertrand se echó para atrás con sorna, juntó las manos adoptando una pose relajada y, tras tres segundos sepulcrales, se inclinó encarándose con Kuzanovic:

—¿Y bien...? Mira, pedazo de escoria, voy a decirte lo que hay... Aquí tenemos normas y las respetamos. ¿Te crees que no disponemos de planes de contingencia para tipos como tú? ¿Te crees que soy imbécil...? Si disparas estás muerto.

Kuzanovic remarcó su gesto amenazante metiendo el cañón bajo la máscara de Morbo y sus ojos se revistieron de opacidad. Beaviour continuó:

—¡Además! Toda esta gente acepta las normas. Todos han firmado un acuerdo. ¡La escoria como tú solo sale de aquí con los pies por delante¡ ¡Exigencias a mí...! —desvió su mirada al entarimado y llamó a Blanco:

—¿Tiempo?

—¿Sí? —contestó Blanco.

—¡Mata a la chica!

—¡No! —gritó Miroslav.

Claudia Veretti reaccionó rápido, disparando de un latigazo la descarga que restaba en el tambor de su Magnum. La inesperada maniobra descentró el tiro que Blanco había destinado a su sesera, pero, tras la brusca finta que se vio obligado a hacer, terminó por desviarse hasta el muslo de la joven. La chica cayó, llevándose las manos a su pierna. Naranja también aulló de dolor, la bala de Veretti había rozado su hombro. Xenon, asustado como una rata, se hizo un ovillo en el suelo y tembló.

—¡Error! —sentenció el croata, tras lo que apretó el gatillo (¡Clic!)

Morbo estranguló con fuerza el brazo de Beaviour:

—¡Detén esto! —murmuró con voz sibilante y pausada.

—¡Quietos, quietos, quietos! —ordenó el jefe de sala, apremiado por un terror primigenio.

Blanco se vio obligado a detenerse justo cuando iba a ejecutar a la número uno. Veretti, desgañitándose, intentaba en vano contener la hemorragia.

—¡Te dije que no estaba de broma! ¿Me oyes ahora, hijo de puta? —dijo Kuzanovic, encañonando ahora a Beaviour.

—Te escucho, te escucho —respondió, apartando la cara.

—Dile a uno de los tuyos que le haga un torniquete a la chica.

Rojo, atento a la conversación, corrió tras las bambalinas nada más recibir la orden de su superior, y volvió en pocos segundos con gasas y vendas. Blanco lo miró con ira.

Miroslav, sin forzar una mirada atrás, pidió confirmación a gritos:

—¡Eh, tía! ¿Están ya contigo?

Una retahíla de insultos en italiano le hizo saber que aún estaba viva. Tras dar por buenas un par de afirmaciones que logró distinguir entre tanto improperio siguió a lo suyo.

—Bien... para evitar más malentendidos voy a tener que enseñarte algo —torció la cabeza levemente para mostrarle su hemisferio derecho, pero sin dejar de apuntarle, y prosiguió—: ¿Ves el bulto en mi sien?

—Sí ¿Y...?

—¿Y...? ¿Cómo que y...? ¿Sabes lo que significa? —esperó un segundo y se respondió a si mismo— es un tumor. Son 60 días, dos putos meses. Significa que ninguno de los presentes, incluido tú, puede robarme absolutamente nada. ¿Entiendes? Significa que os tengo por los huevos y que, en el peor de los casos, perderé dos meses de mierda y me llevaré a una panda de hijos de puta por delante. ¿Lo entiendes ahora?

—Entendido —dijo Beaviour, encogido en su asiento.

—Ahora que ya entiendes la situación, vamos a empezar a hacer las cosas en condiciones. ¿Te parece?

Bertrand Beaviour tragó saliva con la cabeza gacha y la levantó para asentir con fingida seguridad.

—Primero, que alguno de esos críos que os folláis nos desaten a los tres...

—Quizá deberíamos cambiar eso por algo. ¿No crees que...? —lo interrumpió Beaviour en un intento de recuperar su estatus.

Miroslav amartilló de nuevo el arma y volvió a apuntar a Morbo.

—No lo creo.

Beaviour volvió a sentir el descontento de Morbo en su antebrazo, a modo de presa hidráulica de negras y curvas uñas.

—¡Vale, vale! —claudicó— ¡Ancho, Alto! ¡Soltad a la chica, al subnormal y a este cabrón!

—¡No, no, no, tío listo! ¡He dicho que lo hagan los críos! —le corrigió Miroslav.

Los operarios de posicionamiento titubearon mirando al jefe de sala.

—¡Venga, venga! ¡Id ya, joder!

Blanco resopló, la semiautomática le abrasaba en la mano.

Hacía unos minutos que Miroslav había comenzado a sufrir un dolor que le partía en dos la espalda, desde las cervicales hasta la región lumbar. Sabía que no podría aguantar mucho más en esa posición, y, de hecho, estaba empezando a advertir la existencia de músculos de su torso y su brazo que hasta entonces desconocía.

«Solo un poco más», se dijo.

Mientras la cuadrilla de efebos y lolitas se afanaban en liberarlos, un murmullo creciente empezó a inundar la sala. Deslizándose como la grava que cae de las escombreras, un continuo goteo de desaprobaciones se agolpó en los oídos de Bertrand Beaviour. El jefe de sala, desquiciado, se giró y bramó al respetable:

—¡Callaos! ¡Jodidos imbéciles! ¡Vosotros en mi lugar estaríais todos meados!

La concurrencia lo abucheó sonoramente. Hubo voces que incluso pidieron su cabeza...

—Recuerda, hermanito. Esa es la forma en la que nunca debes perder los papeles —dijo Monthy Redferne—. Ese tipo se acaba de cubrir de mierda hasta arriba.

Edward asintió sin mirarlo, absorto en los acontecimientos, fiel a sí mismo.

El mayor de los Redfene apuró su *whiskey*, bostezó y buscó con la mirada a un operario del placer para pedirle otra ronda. Un rubito púber de pelo ensortijado se encogió de hombros y señaló la primera fila cuando el noble le mostró su vaso vacío.

Monthy Redferne torció el gesto y se sumó a la fiesta:

—¿Ni una copa pueden servirnos? ¡Menudo incompetente!

Edward lo secundó.

Las cadenas y su brazo izquierdo cayeron como parte de un todo.

Justo cuando recuperó la movilidad, un repunte agudo de dolor azotó su torso. Tomó aire, sintiéndolo en sus pulmones, sus costillas y su abdomen. Sabía que su brazo seguiría dormido unos minutos más, así que lo ignoró. Se despegó del kevlar y tomó algo de distancia para mantener vigilados tanto a Beaviour y a Morbo como a los monocolores, aunque percibió que siempre se le quedaba parte del escenario a la espalda.

Sean Keamy vio caer los grilletes de los número uno y dos. Medio desangrado y desesperado volvió a pedir ayuda a Kuzanovic. No obtuvo respuesta.

Claudia Veretti se irguió como pudo, anclando sus piernas, rodilla contra rodilla, como haría un cervatillo. Su tez palidecía al mismo ritmo que su vendaje se teñía de rojo oscuro. Intentó andar, pero la sangre fluía en cascada muslo abajo. No recordaba dolor igual.

Miroslav volvió a dirigirse a Beaviour, sin dejar de apuntar a Morbo:

—Aún no han cargado las armas de la chica y el gigantón... que lo hagan y les dejen bajar.

—Ancho, carga las...

—¡No!

Beaviour se mordió la lengua.

—Que sea el tipo de rojo, el que ha hecho el torniquete —exigió Kuzanovic, señalándolo con su izquierda, ya más recuperada.

Bertrand Beaviour, exasperado, resopló y dio la orden:

—Largo, ya has oído...

Rojo volvió a actuar con diligencia y celeridad.

El jefe de sala esquivó la mirada inquisitiva de Blanco que, con cada concesión, se endurecía aún más.

—¡Eh, tú, colorado! Carga una para mí, dásela al grandullón y que baje con la chica hasta donde estoy yo. ¿Ok?

Maclachlan asintió.

Mientras el monocolor Rojo cumplía su cometido, Miroslav procuraba mantener a los otros tres dentro de su campo de visión. De momento no esperaba ninguna reacción violenta por parte de Beaviour, y Morbo le parecía lo suficientemente inteligente como para esperar de él otro tipo de estrategia menos directa. El resto de los presentes se reducían a esclavos y a tipos acaudalados tan preocupados por su culo como para intentar algo. No los consideraba una amenaza.

—¡Eh! —dijo Rojo—. Ya está hecho, van para abajo.

Si no la lías saldrá todo bien. ¿Vale, amigo?

—¡Cierra el pico! Con que hagas lo que se te dice basta —respondió Kuzanovic.

El monocolor Rojo alzó sus largos brazos y se retiró, con paso lento pero firme, en silencio.

Verde, aprovechando que el S.N. y la italiana se dirigían a la escalera, comenzó a andar en diagonal, procurando no hacer ruido e internándose en el ángulo muerto que se le escapaba a Kuzanovic.

Steve, el enorme S.N., se hizo espacio como pudo entre el muro y la primera fila. Varios de aquellos tipos en la cima del escalafón social se apartaron a su paso, amedrentados más por su físico y los dos revólveres cargados que portaba que por su actitud, un «no quiero molestar» propio de un niño de diez años. Claudia Veretti, maltrecha, pidió prórroga con las manos arriba como rezando, con el revólver entre las palmas de sus manos. Miroslav asintió. La chica se lo agradeció con un parco saludo y se quedó en las escaleras, aturdida, desparramando su vida escalera abajo.

—¿Nos vamos a ir, señor? —preguntó Steve nada más llegar a la altura de Miroslav, con el brillo de los verdaderos creyentes en sus ojos.

—Tú coge bien tu pistola y dame esa otra... y con algo de suerte nos iremos de aquí. ¿Vale?

—¡Sí, sí, sí, señor!

Sin dejar de someter a Morbo a la amenaza de su primera arma, encañonó a Beaviour con su zurda, ya en perfectas condiciones, y dijo:

—Ahora es cuando llamas a esos perros que tenéis ahí fuera para que despejen la zona. ¿De acuerdo? —levantó las cejas con algo de sarcasmo— y cuidadito con lo que dices... Ya sabes, pon el manos libres, nadie quiere perderse nada. ¿No, caballeros...? —dijo, dedicando una mueca burlona al público.

Beaviour miró a Morbo.

—¡Venga, coño! No tengo mucho tiempo, ¿recuerdas? —apremió Kuzanovic.

—¡Hazle caso! —dijo Morbo con su voz de diez toneladas.

Verde, a pocos metros de las escaleras opuestas, observó cómo Veretti se tambaleaba mientras un río bermellón caía en cascada por su pierna izquierda. Blanco intentó sumarse a la incursión de su compañero, pero los constantes vistazos a los que le sometía el exsoldado se lo impedían, y si insistía podría delatar la maniobra de Verde. Decidió que no merecía la pena y desistió.

—¡Vamos! —insistió Kuzanovic.

Bertrand Beaviour desnudó su brazo derecho, revelando un comunicador holográfico de muñeca, un Erksson H-23.

Kuzanovic mandó callar al respetable, llevándose el cañón a sus labios:

—¡Chss! Y recuerden, caballeros... ahora hay balas para todos.

Beaviour lo miró con un interrogante en la mirada.

—Ordénales que salga quien salga no deben hacer absolutamente nada. ¿De acuerdo? ¿Alguien puede revocar tus órdenes?

—No aquí —respondió Beaviour.

—Entonces, vamos... no perdamos más el tiempo. Llama.

Kuzanovic paseó una de sus armas de izquierda a derecha, por encima de la primera fila, y cuando tuvo toda la atención de aquellos tipos, les recordó:

—¡Ya saben, caballeros! ¡Silencio!

Por un momento, el sonido de la llamada fue el único que se impuso al de las respiraciones amortiguadas de los presentes.

—¿Sí, jefe? —Una voz rasgada emergió del comunicador.

—Escúchame, es importante. Despejad la salida trasera y pase lo que pase no hagáis nada. ¿De acuerdo? Permaneced en vuestros puestos pero no intervengáis. ¿Ok?

—¿Pasa algo, jefe?

—Da igual lo que pase, es una orden. ¿Entendido?

—Sí, entendido

—Si hacéis cualquier otra cosa tendréis problemas.

Justo cuando un «bip» anunció el cierre de la comunicación, un grito ahogado alarmó a Kuzanovic.

—¡Cuidado! —era la voz de Sean Keamy.

Verde, en la otra punta de la primera fila, abrió fuego con su semiautomática. El exsoldado logró arrancar a uno de los ricachones de su asiento para parapetarse tras él, a la vez que respondía con dos súbitas detonaciones. El escudo humano le salvó de varios impactos. La calibre .357 de Kuzanovic hizo estragos en el cuello de un tipo al lado de Verde, la cabeza se le quedó colgando. El pánico cundió y las ratas enchaquetadas comenzaron a corretear en busca de salidas.

Un bramido ultraterreno heló la sangre de los presentes. Míster Morbo, aún sentado, elevó su voz hasta cotas inhumanas. Incluso Kuzanovic, tirado en el suelo y preparado para otro intercambio, se quedó petrificado.

«¿Por qué no había aprovechado para escapar?», pensó.

Cuando se giró, pudo contemplar con sorpresa la respuesta: Steve aplastaba con fuerza el cuello de Morbo con el cañón de su revólver, mientras, con su izquierda, estrangulaba a un Beaviour que perdía con velocidad su saludable bronceado en favor de un blanco azulado.

Verde, escudado tras el extremo izquierdo del muro de kevlar, habló:

—Escucha, colega. Esto es trabajo. Si el jefe dice que lo deje, lo dejo. Solo quería ganarme una paga extra. ¿Entiendes eso, tío duro?

Kuzanovic, una vez recuperada su verticalidad, localizó al resto de monocolores de una pasada. Rojo y Naranja seguían en su sitio, en cambio, Blanco se encontraba parado a pocos metros en una postura antinatural, como si lo hubieran pillado jugando a las estatuas.

—Tira el arma y vete al fondo, blanquito —ordenó Kuzanovic— si lo intentas los dejo fritos.

Blanco no abrió la boca ni se movió. Se limitó a permanecer allí, quieto, a unos tres metros, aguantándole la mirada tras la ligera opacidad del polímero al 97 %.

El croata, consciente de la necesidad de estrechar su radio de amenaza (con trabajo en el frente y en ambos flancos), apremió a Steve con unos golpecitos para que soltara al jefe de sala. El S.N., con un gesto de vergüenza infantil cincelado en su rostro, se apartó de Beaviour:

—¡Sí, sí, sí, señor! ¡Lo siento, señor! ¡Solo quiero ir a casa! ¿Vamos a ir a casa?

—Lo sé, Steve. No dejes de apuntar al de la careta. ¿Vale?

—¡Sí, sí, sí, señor!

Bertrand Beaviour estiró el cuello de su camisa con ambas manos, tratando de convertir en aire el delgado pitido que corría por su garganta. Se agarró a los reposabrazos con fuerza y tosió con violencia, como si tuviera algo que echar.

—¡Retrasado de mierda! ¡Eres un bulto con ojos, un bulto con...!

—¡Tú, cállate y respira! —intervino Miroslav— dile al cabeza cuadrada que se vaya con su reluciente traje hasta el fondo de la habitación y suelte el arma. No quiero más empleados del mes por hoy.

Beaviour buscó el contacto visual con su lugarteniente que, perplejo, terminó por obedecer la orden gestual que lo mandaba al fondo del escenario.

—¡Y el arma! —dijo Kuzanovic.

—¡Ni lo sueñes, basura! —respondió Blanco, mientras se retiraba.

—¡Blanco! —intentó gritar Beaviour.

Max Cox se apoyó en la pared del fondo, justo donde estaba el mural demoníaco coronado por la verga pintada en sangre de la criatura, y se reafirmó:

—Puedes reventarle la cabeza a ese maricón; no pienso soltar la puta pistola.

Miroslav, sorprendido, aunque aliviado por la distancia de Blanco, intentó apagar otro fuego:

—¡Eh, tú, el de verde!

—¡Sí, tío!

—Me has dicho que tú solo haces tu trabajo, ¿no?

—Eso es, amigo, ni más ni menos.

—¿Y eso es aplicable a tus compañeros? —inquirió Kuzanovic.

—Más o menos, supongo que sí, algunos se lo toman más a pecho que otros... Pero sí, se podría decir que sí.

—¡Daos por despedidos!

Bertrand Beaviour se retorció al sentir el calor del revólver encajándose en su cuenca ocular. El disparo desparramó la cabeza del jefe de sala por las tres primeras filas, hirió de muerte a un viejo de rosa que estaba justo detrás y condenó un buen montón de lujosos diseños monocolores a compartir su exclusividad con el rojo y el gris de los sesos de Beaviour.

Los espectadores iniciaron un nuevo conato de huida, corriendo, arrastrándose, incluso a cuatro patas, pero siempre con el caos propio de los grupos sin líder.

Satisfecho por haber sacado una primera muestra de miedo a Morbo, un ligero respingo, Kuzanovic se dirigió a él:

—Supongo que ahora tú eres el pez gordo, ¿no?

—Supones bien —corroboró Morbo.

Sean Keamy aporreó el polímero, tirado al otro lado del muro.

—¡Ayúdame, por favor! ¡Te he salvado tío, te he salvado! —imploraba con la cara aplastada tras la lisa superficie— ¿Me vas a ayudar?

Miroslav, que reconoció ese timbre tembloroso y característico de la desesperación en la voz de Keamy, tragó saliva y dejó escapar una afirmación con la boca pequeña. Un atisbo de sonrisa se dibujó como un cuadro abstracto al otro lado. Miroslav se decidió.

—Mira, ahora subimos y vemos qué po...

De repente, el cuerpo de Keamy se sacudió como el de un pez fuera del agua. Tres detonaciones casi a bocajarro lo convirtieron en carne muerta. Sus ojos, sin vida, quedaron pegados al muro: ya no había desesperación.

Verde, que había vuelto a subir la escalera, puso los brazos en jarra.

—No me gusta que me jodan, y me jode mucho que me dejen sin paga extra.

Se giró despreocupado y se fue hacia el fondo del escenario.

Miroslav no dedicó más de un latido a contemplar la escena. «Un cuerpo más», se dijo.

—Venga, don Misterioso, nos vamos de aquí.

Viendo que el número cuatro había decidido por fin abandonar el complejo, el público que quedaba aprovechó para convertir la estancia en una especie de teatro en día de ensayo.

—¡Oídme, cabrones! —dijo Kuzanovic— Ahora voy a pirarme con el tipo de la careta. Si cuando vaya a abandonar este agujero os estáis quietecitos, habremos hecho un buen negocio. ¿De acuerdo?

Míster Morbo, que seguía el camino que marcaba el revólver de Kuzanovic, alzó la voz para prometer a los monocolores el doble del salario habitual si seguían las órdenes del croata.

Cuando el grupo llegó a la altura de la escalera advirtió que la italiana yacía en su propio charco de sangre. Miroslav, ante la imposibilidad de retener a Steve que se había precipitado para ver como estaba Veretti, lo cubrió apuntando con su zurda hacía el escenario. Blanco parecía aún el único con un interés real en aprovechar cualquier despiste.

—Comprueba si sigue viva —dijo Miroslav a Steve.

—Lo está, pero le queda poco —musitó Morbo bajo su rostro de búho de ébano.

Steve la zamarreó con brusca urgencia, con los ojos cargados de humedad y falta de fe. El charco era un océano difícil de ignorar, incluso para un S.N. La chica, presa del delirio y con los ojos entornados, sonrió y despegó su mejilla del entarimado, arrastrando consigo un tapiz de largos coágulos.

Miroslav pateó el trasero del gigantón.

—Déjala, vamos... no hay nada que hacer.

Steve se giró, agachó la cabeza, y enterró la mirada en el rojo denso que se agolpaba entre tablas,

—¡Vamos, joder! —apremió Miroslav, pendiente de los monocolores.

Un último esfuerzo de la italiana sacó de su ensimismamiento a Steve que, al verla reptar hacia su arma caída, se apresuró a acercársela. La mujer le regaló una sonrisa ida de dientes verdes y encías pardas y se giró. Se apoyó como pudo sobre los codos y apuntó al escenario

—Gracias —dijo Miroslav.

Blanco chasqueaba la lengua una y otra vez; le resultaba imposible concretar un buen tiro. Por más que apuntaba, el constante movimiento de Kuzanovic y la exposición a la que sometía a Morbo reducían sus posibilidades muy por debajo del nivel de la prudencia. Además, el propio invitado de honor no dejaba de dar indicaciones para que desistiesen.

El Magnum de Claudia Veretti bramó desde el suelo.

Xenon, que había permanecido todo ese tiempo en un rincón masticando los nervios artificiales de la ciclosteria en vena, se desplomó entre estertores en el suelo, con las manos en la entrepierna en una particular agonía de eunuco incipiente.

—*Io ti taglio il pene* —dijo Veretti, casi para sí misma. Sus ojos se cerraron justo antes de recibir una ráfaga de Blanco.

Max Cox dirigió una mirada de reproche a sus compañeros mientras el número dos y el número cuatro se perdían por un túnel lateral con su rehén.

8. 7. 6...

15. COLORES

Estación del placer de Camden, 23 de marzo de 2051 (época postnube).
02:27 h GMT

Naranja fue a mirar a Xenon. Se agachó e intentó traerle de vuelta de la única forma que conocía: a golpes.

—¡Venga, viejo, no me jodas! ¡Levántate, coño! —Michael Karst seguía inconsciente, encajando los guantazos de Naranja con la eficiencia de un muñeco de pruebas: laxo e inerte.

—¡Eh, tíos! ¡Pierde mucha sangre! ¡Mucha sangre!

Blanco, ignorando la llamada de atención de su hermano, se dirigió hacia la mesita con ruedas para coger algo de munición.

—¿Os pensáis quedar ahí, no? —dijo el monocolor, tras cargar su semiautomática. Se volvió y los fulminó con la mirada de izquierda a derecha, de un único barrido.

—¿No oíste lo que dijo ese tipo, el de la máscara? —replicó Verde.

—Me importa una mierda lo que dijera. No es el jefe.

—El jefe está muerto —volvió a replicar Jeff Albridge, indicándole con el pulgar el lugar que ocupaba su cadáver.

—Y por eso mismo hay que terminar el trabajo —se guardó un par de cargadores en los bolsillos y volvió a dirigirse a Verde— ¿Entonces...?

—No pienso ir.

—No esperaba menos de ti, Jeff —agachó la cabeza y siguió con su hermano— ¿Tú tampoco vendrás, no? —Se cruzó de brazos en busca de respuesta.

—¡Eh...! Max, ya lo has oído...el tipo no quería que fuéramos.

—Y dijo que nos pagaría el doble si no nos metíamos —apostilló Verde.

—¡Eso! ¿Para qué complicarnos, Max? Mandarán a otro jefe de sala. Ya sabes que esta gente no descansa, siempre hay más, ya sabes como son...

—Estas cosas pueden pasar —dijo Verde mientras recogía su tabaco y las llaves de su utilitario.

—Sí Max... estas cosas pasan... —secundó el menor de los Cox.

—¡Tch! ¿Quieres dejar de repetir las cosas como un puto retrasado? ¿No puedes pensar por ti mismo?

—¡Venga, Max...! —acertó a decir Terry Cox, debatiéndose entre mantener la mirada a su hermano o seguir con sus pobres intentos de ayudar al presentador.

Blanco resopló resignado y buscó a Rojo para traspasarlo con la mirada.

—En cuanto a ti, mierda escocesa, irlandesa...o lo que sea ¡Ya hablaremos!

Rojo asintió, acompañando el gesto de un parco «Ok».

Max Cox, alias Tiempo, se internó en el túnel.

Verde se encendió un pitillo.

Naranja, que aún permanecía arrodillado sobre el charco de Xenon, vio como la larga figura de Rojo tomaba tierra junto a él.

—No se puede hacer nada ya.

Terry Cox, con su mente más puesta en las palabras que había intercambiado segundos antes que en el cadáver que yacía a su lado, respondió casi por inercia:

—¡Ah...! Sí... ya, ya... demasiada sangre.

—Mira... —dijo Rojo—. Voy a ir detrás de tu hermano a echarle un cable.

Verde lo miró incrédulo, con una de sus cejas arrugando su frente y el cigarro haciendo un ejercicio de equilibrismo pegado a su labio inferior.

—Poneos de acuerdo los dos y organizad un poco esto; aún queda gente aquí —continuó Rojo— y cúbrete eso —dijo, señalándole la herida del hombro.

Verde dio una larga calada y escudriñó el lugar. Eran pocos los espectadores que quedaban: algunos recogían con tranquilidad, otros seguían acojonados, los que más preguntaban a los operarios del placer por el cobro de sus apuestas. Tampoco era mucho trabajo, pensó.

—¿Vale? —oyó decir a Rojo.

—Sí... ¿Por qué no...? Pero una cosa...

—¿Sí?

—Procurad salvar a ese cabrón tenebroso. Quiero mi pasta. ¿Ok?

—De acuerdo.

Rojo aceleró su paso hasta el trote y desapareció por el túnel.

Monthy Redferne se rió y dejó caer sus pies sobre el respaldo del asiento delantero. Edward lo miraba aún escondido bajo el suyo.

—¿Qué haces? —rumió lastimero el menor de los Redferne.

—¿Que qué hago, hermanito? Hay que disfrutar del momento —se repanchigó, con la seguridad que solo tienen aquellos que reconocen la muerte como una parte más del juego, dio un sonora palmada, y continuó—: ¿No querías saber cuales habían sido mis apuestas?

Edward asomó la cabeza de manera un tanto cómica, como una de esas extintas tortugas gigantes, con lentitud y mirando a todos lados.

—Claro que quiero —añadió en un susurro.

—¡Sal ya, maricón! ¡Un poco más de actitud!

Edward se irguió, se sacudió con exagerada dignidad su traje color yema y se sentó al lado de Monthy.

—Solo puedo decirte que somos 100 000 000 de créditos más ricos, pero que ahora mismo no sé a quién tendré que reclamárselos. Al jefe de sala no, desde luego —dijo Monthy.

Edward, aún expectante, se encogió de hombros y le recordó:

—¿Y las apuestas...?

—¡Ah! No, no, si no pienso decírtelas —Monthy Redferne miró hacia todos lados y preguntó victorioso—: ¿Es que aquí no hay nadie que me ponga una mísera copa?

159

8. 7. 6...

16. AIRE

Subterráneos de la vieja estación de Camden, 23 de marzo de 2051 (época postnube).
02:27 h GMT

Los primeros metros fueron una concatenación de pasos hacia atrás. Una calma vigilante que duró hasta que la pendiente y la distancia guillotinaron la luz procedente de la estancia principal. Para entonces, su caminar se había convertido en un paso atropellado de mil ojos. Sobre todo cuando el túnel se ensanchó a la derecha y se toparon con unas escaleras que caracoleaban hasta una cabina de vigilancia. En ella, un par de tipos observaban con desidia una pared repleta de monitores. Nada hacía indicar que se hubieran percatado de su presencia, por lo que Miroslav decidió que lo más oportuno sería que se pegaran a la pared izquierda y siguieran adelante.

El túnel se volvió a estrechar.

Excepto por un par de tropiezos con la sotana, Morbo no parecía sufrir la carrera. Durante el camino trataba de comprar al desarrapado exsoldado con promesas de lujo y mujeres, manteniendo en todo momento ese tono sibilino al que ni el ritmo del paso lograba afectar.

—¡Cállate ya, pedazo de mierda! —dijo Kuzanovic, metiéndole el revólver entre las costillas.

—Así que eres un tipo integro, ¿no? Todos tenemos un agujero, un punto negro donde hurgar —respondió inalterable.

—Sigue y serás tú el que tenga agujeros...

Kuzanovic, que se acababa de dar cuenta de cuánto les ralentizaba ir apuntando a Morbo a la cabeza, ordenó a Steve que lo agarrase por el brazo mientras él continuaba apuntándole al costado.

Aceleraron el ritmo cuando empezaron a vislumbrar una luz tenue.

Paulatinamente, el olor metálico del ozono fue embebiendo el tufo estancado del encierro bajo tierra. Lluvia, pensó Miroslav. Tenía sus sentidos tan en alerta y, hasta cierto punto colapsados, que había llegado a ignorar la cháchara incesante de su rehén.

Paró de un tirón a Steve y le mandó callar. Morbo aprovechó para aumentar su oferta.

—Señor Kuzanovic, es usted un tipo hábil, seguro que es capaz de lo... ¡Ugh!

Un rodillazo seco en la boca del estómago dobló el 1,90 de Morbo.

—Eso ha dolido, soldado —dijo, aún encorvado— eres muy violento, todo un valor en alza.

Aunque le inquietaba que ese golpe no le hubieran

quitado ni las ganas ni el aire necesario para hablar, Miroslav debía centrarse en salir; el tiempo iba en contra, así que debía ir por partes.

Aprovechó unos segundos de silencio para descartar pasos tras de sí y, enterrando el .357 en el abdomen de Morbo, lo conminó a seguir.

Una ráfaga de viento y el brillo acolchado de la luna tras un umbral confirmaron el fin del encierro; varios cadáveres de operarios del placer amontonados a las puertas hicieron lo propio con el peligro.

—Si hay alguien ahí esperando salvarte se va a llevar una sorpresa desagradable —dijo Kuzanovic.

—Lo dudo... las normas son claras: las órdenes de cada jefe de sala solo pueden ser anuladas por algún superior y en cada local son la máxima autoridad, así que... jugaste bien tus cartas —dijo Morbo, mientras su captor lo rodeaba por la espalda, pegándose como una lapa y encañonándolo por el cuello.

—¡Vamos! —apremió Miroslav— ¡Hagámoslo cuanto antes! ¡Steve, a mi espalda!

—¡Sí, sí, sí, señor! ¿Nos vamos a casa?

—Sí, Steve; ponte detrás y espera.

—¡Sí, sí, sí, señor!

Kuzanovic se escudó tras los casi dos metros de Morbo y le obligó a avanzar, castigándole con las rodillas cuando advertía reticencia en su paso. Al franquear el umbral, el vertedero les recibió con una bofetada que mezclaba la honda profundidad de la lluvia reciente con la fetidez de la inmundicia acumulada durante lustros. La oscuridad de aquella nada solo era violada por dos fuentes de luz, ambas estranguladas por la nube tóxica que cubría todo Camden: el exiguo brillo de una luna en cuarto menguante y los asteriscos titilantes que coronaban un cercano gueto de inmigrantes.

Todo parecía despejado. Aún así, hizo avanzar a Morbo varios metros más para asegurarse de que nadie se apostaba a la salida de aquel agujero. Solo logró discernir los cuerpos de tres púberes acribillados y varias marcas de ruedas.

—Intentarían escapar antes del aviso. Tienen prohibido salir —dijo Morbo— el jefe de sala cumplió. ¿Cumplirás con tu parte, don Íntegro?

—No firmé nada —le dio con la culata en la cabeza y le empujó— ¡Sigue andando, cabrón!

El grupo cruzó la explanada en dirección a la primera montaña de basura. Morbo inició el ascenso el primero, acuciado por los golpes de Kuzanovic, arrastrando montones de desperdicios a cada paso que daba. Cuando alcanzaron la cima, el exsoldado propinó a su rehén una patada en la espalda haciéndolo rodar montaña abajo hasta un incipiente humedal. Miroslav transformó sus pisadas en firmes saltos, en escasos segundos se plantó ante el enmascarado.

Morbo izó su rostro de madera y se sacudió de agua turbia una de sus cenicientas manos. Cuando notó que el líquido había empapado irremisiblemente sus ropajes, decidió acomodarse en el suelo.

—¡Por fin solos! —siseó Morbo—. Eres un hombre interesante, Miroslav Kuzanovic —Su máscara seguía fija, sin mácula alguna, con sus inexpresivos ojos de búho clavados en él.

—No estamos solos —se limitó a responder Miroslav.

—¿Eso? —dijo Morbo, señalando a Steve con un

conato de risa alumbrando en el timbre de su voz— una bestia de carga no es alguien, es algo.

—¡No soy una bestia! —gritó Steve O'Mahoney.

—No, las bestias aprenden trucos.

—¡Calla! —intervino Kuzanovic—. No estás en disposición de hablar. Ya no nos sirves y, además, nos retrasas.

Se acercó con determinación y amartilló los dos revólveres.

—¿Acaso no sientes curiosidad? —dijo aquel oscuro ser, deslizando su mano bajo la máscara con la misma calma y comedimiento que si estuviera aún en su butaca, viéndolos matarse, disfrutando con el juego.

Tras tres largos segundos y cinco rápidos latidos, Miroslav supo que aquel individuo tenía razón. Aun así, se rehízo y contestó:

—Siempre puedo mirar después.

—Después no podré responder preguntas —dos de sus uñas de pesadilla tocaron algo a la altura de su barbilla. Se oyó un chasquido, como un escape de aire a presión. Luego la máscara se desprendió, aunque la sostuvo haciéndola oscilar ante su rostro.

El croata apuntó con ambas armas y añadió:

—No tengo preguntas.

—Todos tenemos preguntas —dijo Morbo, dejando caer la talla de caoba hacia el barro.

Miroslav, que estaba preparado para cualquier tipo de deformidad producto de las nubes, se quedó perplejo ante lo que aquella viciada luz nocturna le dejó atisbar.

Los ojos del ente se limitaban a dos horizontales que rayaban desde sus sienes hasta donde debería haber tenido la nariz. Esta se reducía a dos pequeños orificios abiertos en una piel escamosa que se presentaba, por todo su rostro, recubierta de una pátina legamosa. Luego estaba la boca, aquel infierno circular poseía una geometría perfecta: en lugar de dientes, una cantidad incontable de filamentos articulados se extendían desde el perímetro hasta el hipotético centro.

El pobre Steve se cayó de espaldas.

—¡Vámonos, vámonos! —acertaba a decir a duras penas, sin dejar de resbalar en un enorme plástico, resto de una lona industrial.

La cabeza de Miroslav era un revoltijo de interrogantes que iban en crecimiento exponencial y en paralelo a la aversión que sentía ante aquella entidad.

—¿Qué coño eres? —acertó a hablar, acercándose para asegurar el tiro.

—La pregunta no es ¿qué soy? sino ¿qué puedo ser? —los filamentos de su boca se movían de manera acompasada, modulando el sonido, como patas de araña que obraran desde sus adentros—. Te he intentado decir lo que puedo hacer por ti, pero me has demostrado no ser un hombre de gustos vulgares. Normalmente, con poder es suficiente. De todos modos... nadie tiene todo lo que quiere.

Miroslav Kuzanovic permaneció inmóvil. Mudo.

—¿Es tiempo lo que quieres? —señaló su cabeza, justo donde tenía el tumor.

Miroslav se tocó el bulto como acto reflejo.

—Hay cosas que huelen peor que la inmundicia —la criatura inspiró, espiró y prosiguió—: ese olor ácido es inconfundible.

—¡No tires por ahí, escoria! ¡No soy idiota? ¡Dime qué eres!

—Ya ves, no soy como tú —siguió sentado, con las piernas cruzadas, transmitiendo un seguridad retadora.

—¿Eres un puto extraterrestre o algo así? Las nubes hacen auténticos destrozos, pero eso no lo hacen las nubes.

Steve observaba la escena tras la protección infantil de sus enormes dedos, aplastado contra una montaña de escombros.

—¿Extraterrestre? Desde luego hicimos un buen trabajo con los de tu especie, seguís pensando que la barrera del espacio es salvable... —Una agitación caótica de los filamentos generó algo parecido a una risa y continuó—: ¿Eso es todo lo que quieres? ¿Saber qué soy? Menuda decepción.

Kuzanovic torció el gesto y se precipitó sobre el engendro con su mirada cargada de ira e impaciencia. Lo agarró por la pechera e introdujo el revólver en su agujero quebrando varias de aquellas varillas orgánicas, aquellas patas quitinosas que le servían para hablar. Estaba cansado de su verborrea; ya no podía soportarla.

A dos escasos palmos del simétrico rostro de la criatura, Miroslav se dio cuenta de su error. Las dos líneas que configuraban los órganos visuales del ente se plegaron hacia atrás, como si dos enormes capotas fueran recogidas. En su interior aguardaban sendos orbes oculares, dos enormes esferas que ocupaban prácticamente el 50 % de toda su cara. En su interior se encendieron cientos de puntos de luz azulada, un brillo fantasmal, fluctuante, que sintió cómo le penetraba desde las pupilas hasta el occipital.

Dos latidos después ya era incapaz de controlar su cuerpo.

Sintió como si unas cuerdas de piano se enraizaran por todos sus miembros, agitándolo y manejándolo a voluntad, obligándolo a realizar movimientos toscos pero efectivos. A pesar de querer tirar del gatillo, su índice era uno más de sus miembros controlados por aquellos hilos invisibles. Pudo escuchar cómo sus armas cayeron al suelo.

—Es un rasgo muy habitual de tu especie, a la par que conveniente, ese que os hace pensar que sois acreedores del dominio de la situación, sean cuales sean las circunstancias. Sois lo que os dejamos ser —la voz de aquella cosa retumbaba en su cráneo.

«Sois lo que os dejamos ser». Ahora que la verdaderas ansias de saber se apoderaban de él, tenía que darle la razón; no había valorado las circunstancias, lo desconocido. Y ahora, cada segundo que pasaba anulaba cada vez más sus sentidos, sumiéndolo en una especie de sueño en el que solo podía ver, hacer las veces de espectador de su propia muerte.

—Disfruta. Muchos pagan por ver. Es otro de los vicios de tu especie: ¡Ver! ¡Ver! ¡Ver!

Llegó un momento en el que no sentía las gotas sobre su piel, ni la textura variable de la basura bajo sus pies, un momento en el que, incluso, llegó a echar de menos el olor del agua calando la mierda. Solo podía continuar allí, contemplando aquella película, aquellas esferas de un fulgor sobrenatural, de un turquesa dañino, insidioso. Hubo un punto en el que hasta sus oídos dejaron de registrar lo que le rodeaba. Lo último que escuchó antes de quedar reducido a su visión, fue la voz áspera de eses sesgadas, del aire al pasar por los filamentos seccionados de aquella boca, de aquel terror de líneas.

Lo consiguió. Había conseguido reducirle a un mirón, a uno más de aquellos enfermos.

Vio el tambor del revólver pasar a dos dedos de sus ojos (ni siquiera podía cerrarlos o dirigirlos).

—Tranquilo, te voy a dejar disfrutar —le transmitió la criatura directamente a su psiquis.

Aquella cosa cumplía con lo que decía. Miroslav notó cómo el acero del .357 raspaba sus dientes mientras se internaba en su boca, agolpando su lengua contra el fondo de su garganta, casi hasta la campanilla. Podía notarla encajada en su paladar.

De repente, cuando ya solo esperaba el fundido en negro, un enorme borrón cubrió todo su campo visual. Una enorme masa lo había apartado de Morbo. El revólver le arrancó un incisivo inferior al salir de la cueva. Steve, en un intento desesperado, se había abalanzado a bulto sobre la luz, berreando sin parar.

—¡Déjalo! ¡Déjalo, cucaracha! ¡Cucaracha, cucaracha!

El S.N., cargando como un camión cisterna, había logrado desbaratar el control de la criatura sobre el croata y estamparla contra la porquería. Cuando intentó erguirse, la emprendió a golpes descoordinados que lo mandaron al suelo y lo anularon hasta tal punto que no podía distinguirse la basura del suelo, o de la odiada cucaracha.

Kuzanovic volvió a sentir la planta de sus pies, sus genitales, su piel, sus entrañas. Notó cómo aquellos persistentes hilos se iban evaporando, dejaban sus nervios doloridos pero bajo su control. Se tumbó boca arriba y, con una sonrisa de alivio, llamó la atención de Steve para que parara; debían saber más de aquello, era importante, necesario. El gigantón, pisando el torso de Morbo, se giró y lo miró con la cara plena del orgullo del niño que ha hecho bien los deberes.

—¿Nos vamos ya, señ...?

¡Pum!

Un disparo llenó de ecos la escombrera. Steve O'Mahoney se desplomó sobre el agua empantanada.

Miroslav, aún afectado, reaccionó con lentitud. Para cuando se quiso estirar en busca de una de las armas, ya tenía una Desert Eagle haciéndole un guiño de muerte desde unos diez metros. La figura tosca e imponente de Blanco surgió de entre dos montones de chatarra. El gigantón emitió un quejido ruidoso desde el suelo; se sujetaba el brazo. Esa era la buena noticia, la mala, su situación: postrado de rodillas, sin arma y sin opciones.

—Aún sigue habiendo profesionales —celebró Morbo, alargando sus uñas para recoger el revólver de Steve. Se dirigió hacia Blanco y, elevando su tono más grave, le ordenó—: No te entrometas, son míos.

Blanco, confundido por el rostro de otro mundo que acababa de ver, bajó la semiautomática y se alejó unos metros, con la cabeza gacha, intentando ordenar sus pensamientos.

Morbo dejó caer todo el peso de su pierna contra la cabeza de Steve repetidas veces.

—¡Ser menor! ¡Bestia idiota! —le repetía, mientras amenazaba a Miroslav con el arma.

Kuzanovic apretaba los dientes, los puños y todos los músculos.

—¿Por qué me miras así, soldado? ¿Acaso los de tu especie no tratáis a vuestros animales a golpes? ¿Me odias?

Dejó al S.N. y se dirigió hacia Miroslav. Según llegó, le puso el revólver en la boca del estómago y volvió a liberar sus enormes orbes oculares; los puntos de luz volvieron a ocupar toda su bulbosa superficie.

Miroslav cerró los ojos.

—¿En serio...? Menuda decepción... De verdad pensaba que serías buen sirviente, pero no paras de subestimarme —la aspereza de su voz, generada por un frotar violento entre sus filamentos, transmitía su enojo— ¿De verdad piensas que no tengo más recursos?

El exsoldado apretó los ojos hasta que le dolieron. Un silbido de hilo de cobre comenzó a deslizarse por su oído como una babosa, lenta pero inexorablemente. El metal seguía amenazándolo, revolviendo su tripa. Segundos después sintió una intensa y repentina jaqueca entre sus ojos que le obligó, no solo a relajar sus músculos faciales, sino a controlar unas incesantes arcadas. Consiguió no vomitar, pero no retener sus párpados. Todo volvió a limitarse a aquellos ojos sin mácula, aquella constante turquesa.

—¿Sabes? No disfruto eliminando formas de vida inferior; miró hacia el ovillo que era el S.N. Deberías hacerlo tú, ¿no crees?

De nuevo todo volvía a suceder como una película: los mismos episodios, solo que esta vez el proceso iba mucho más rápido. Podía contemplar su cuerpo desde fuera; parecía un muñeco, un androide de primera generación con un deficiente mantenimiento.

—Extraterrestre dijiste... No hay nada más divertido de tu especie que esa increíble ignorancia de la que encima alardeáis. ¡Sois el culmen! ¡Nada os rodea! ¡Sois...!

¡Pum! Un estruendo, calcado al anterior, interrumpió el monólogo de Morbo. Los puntos de luz parpadearon intermitentes en sus ojos cuando se volvió para toparse con el cuerpo de Max Cox inerte sobre el vertedero. A su lado descubrió una figura espigada vestida de rojo que le apuntaba con su hierro, que no dudó en volver a disparar alcanzando el torso de Morbo con suma precisión.

Miroslav volvió en sí de nuevo. Esta vez el proceso también fue mucho más rápido y el dolor, como una laceración, fue igualmente más intenso. Morbo todavía respiraba, emitiendo un sonido angustioso y delgado al salir el aire por su boca de lamprea; sus ojos, a medio abrir, lo enfocaban fijamente.

El croata cogió el Magnum que vio más cercano y se ocultó tras una exigua cobertura formada por una pila de bolsas y unos toneles de plástico industrial. Pudo reconocer a Rojo escondido en el esqueleto de un monovolumen, apuntándolo expectante. Kuzanovic se tumbó para volverse un blanco más difícil.

—¿Por qué? —preguntó desconfiado.

Rojo agitó su brazo no armado, señalando a Steve, que aún se retorcía de dolor, muy cerca del agonizante Morbo.

—¿Por él? ¿Crees que soy idiota? —preguntó sorprendido.

—¡No he venido a convencerte! —dijo Rojo.

Nadie bajó el arma.

—Tengo uno igual... un hermano —voceó Maclachlan—. ¿Está bien?

—Creo que no es grave, pero es muy quejica.

—El mío también —dijo Rojo.

A Miroslav le pareció atisbar una leve sonrisa.

—Largaos de aquí —dijo saliendo de la carcasa del

monovolumen, pero quedándose al amparo de una de las puertas.

—¡No, si no tiras tu arma antes!

—¿No lo entiendes, no? —replicó Rojo, alzando su Desert Eagle—. Esto tiene detector de huella. En cuanto investiguen sabrán que yo los maté. Estoy mucho más jodido que tú.

—¡Sí que estas puteado¡ ¡Vete! —dijo Miroslav, poniéndose en cuclillas.

—Id hacia el Este, ¿vale? Es un barrio de mierda, pero podréis encontrar algún medico para él. Que le miren eso y quedaos allí. No entra nadie que no esté desesperado, no ellos —señaló a Morbo— ¿Sigue vivo?

—No por mucho tiempo —replicó Kuzanovic.

—Mucho mejor. No sé qué cojones es... pero no me gusta un pelo.

Miroslav se inclinó ante Morbo y apretó con el cañón del calibre .357 uno de sus voluminosos ojos. La criatura emitió una angustia sonora de fricativos y siseos cuando reconoció la determinación en el rostro cansado de Kuzanovic. La sangre lo salpicó todo; era oscura, incluso de noche.

Rojo se descubrió y, con su semiautomática colgando de su mano, se despidió:

—Adiós... y suerte.

—Adiós —respondió Miroslav— ...y gracias.

Emmet Maclachlan se lanzó a la carrera hacia el Norte.

Miroslav Kuzanovic se permitió un momento de ausencia: uno, dos, tres latidos. Respiró y se agachó para cargar con Steve.

—¿Estás bien?

—Duele, duele... ¿Nos vamos de aquí, señor?

—Nos vamos de aquí, Steve. Lo curaremos. ¿Vale?

—¡Sí, sí, sí, señor!

Miroslav Kuzanovic emprendió el camino hacia el Este, alejándose de la antigua estación. Se llevó la mano a la cabeza y perfiló su bulto con los dedos. Quizá no le quedara mucho, a saber cuánto, pero resultaba curioso que después de toda aquella historia hubiera logrado salir con algo de más: un propósito.